小説《しょうせつ》

チア☆ダン

女子高生《じょしこうせい》がチアダンスで全米制覇《ぜんべいせいは》しちゃったホントの話《はなし》

みうらかれん・文
榊《さかき》 アヤミ・絵
林《はやし》 民夫《たみお》・映画脚本

角川つばさ文庫

登《とう》場《じょう》人《じん》物《ぶつ》

友《とも》永《なが》ひかり

お調子《ちょうし》ものの高《こう》1女子《じょし》。
孝介《こうすけ》を応援《おうえん》するために
チアダンス部《ぶ》に入《はい》るけど…
思《おも》ってたのとちがうっ！

彩乃《あやの》

横浜出身《よこはましゅっしん》。
ダンスのうまい
完璧美少女《かんぺきびしょうじょ》。部長《ぶちょう》。

孝介《こうすけ》

ひかりの
中学《ちゅうがく》からの
同級生《どうきゅうせい》で彼氏《かれし》(?)。

唯《ゆい》

クールでぶっきらぼう。
ヒップホップダンスが得意《とくい》。

あゆみ

マイペースでアイドル
好《ず》きのオタク少女《しょうじょ》。

多恵子《たえこ》

気弱《きよわ》なぽっちゃりさん。
実《じつ》は苦労人《くろうにん》。

麗華《れいか》

バレエ経験《けいけん》あり。
家《いえ》がお金持《かねも》ちで意地悪《いじわる》。

矢代《やしろ》くん

まじめなメガネ男子《だんし》。
彩乃《あやの》のストーカー？

早乙女先生《さおとめせんせい》

チアダンス部《ぶ》顧問《こもん》の
鬼教師《おにきょうし》。目的《もくてき》のためなら
手段《しゅだん》をえらばない。

紹介《しょうかい》マンガ
あたし、友永《ともなが》ひかり！
主人公《しゅじんこう》やよ!!
この物語《ものがたり》は福井《ふくい》の高校《こうこう》に入学《にゅうがく》したあたしが
WELCOME
チアダンス部
オシャレな友《とも》だち
チャラい先輩《せんぱい》
ダルそーなチアダンス部《ぶ》に入《はい》り
こ～んなキャワゆ～いユニフォームを着《き》て
アハハ♥
FUKU
大好《だいす》きなサッカー部《ぶ》の孝介《こうすけ》を応援《おうえん》する
スキスキ！あいしてる!!
青春《せいしゅん》ラブコメディー――
ひかりってば今日《きょう》もかわいいゾ♪
テヘペロ
になるはずが……
ETS
チアダンス部《ぶ》はアメリカをめざしてます!!
はあっ!?
ア、アメリカ??

練習《れんしゅう》しないなら地獄《じごく》に落《お》ちなさーい!!!
オシャレ禁止《きんし》!!
恋愛《れんあい》…禁止《きんし》!?
前髪《まえがみ》禁止《きんし》!!
なっ、なんじゃそりゃー!?
鬼教師《おにきょうし》
この物語《ものがたり》は、福井《ふくい》のフツーの女子高生《じょしこうせい》友永《ともなが》ひかりが
いだだ!
ムリムリ!!
やったこともないチアダンスをはじめて
仲間《なかま》を作《つく》ったり
フラれたり(?)しながらも
ってウソでしょ!?
だれに笑《わら》われたって
そんなん関係《かんけい》ない!!
ついに全米優勝《ぜんべいゆうしょう》する、実話《じつわ》から生《う》まれた青春《せいしゅん》ミラクルストーリー!
あきらめずにがんばりつづけて
最後《さいご》まで読《よ》んだら、きっとアナタもがんばりたいって思《おも》うはず!
ゼッタイ泣《な》けちゃうよ!!

もくじ

あなたの夢《ゆめ》はなに？
絶対《ぜったい》にかなうと信《しん》じてがんばってる？
それとも、心《こころ》のどこかで、かなうわけないやって思《おも》ってる？

あたしにも――ううん、あたしたちにも、大《おお》きな夢《ゆめ》があった。
みんなに笑《わら》われるような、大《おお》きすぎるくらいの夢《ゆめ》。
だけど、目《め》を閉《と》じれば、今《いま》でも思《おも》いだせる。

「明《あか》るく、素直《すなお》に、美《うつく》しく！　レッツゴー、JETS《ジェッツ》！」

円陣《えんじん》をくんで、みんなでかけ声《ごえ》をかけて、かがやいた舞台《ぶたい》にとびだしていった、あの日《ひ》のこと。頂点《ちょうてん》から見《み》た、わすれられない風景《ふうけい》。
これは、福井県《ふくいけん》の小《ち》さな町《まち》に住《す》む、なんのとりえもないふつうの女子高生《じょしこうせい》だったあたしが経験《けいけん》した、うそみたいな本当《ほんとう》の話《はなし》――。

1年《ねん》目《め》

鬼《おに》教《きょう》師《し》登《とう》場《じょう》！ チアダンス部《ぶ》入《にゅう》部《ぶ》で地《じ》獄《ごく》におちる？

1 「チアダンス部《ぶ》はアメリカをめざしてます」

全国大会出場《ぜんこくたいかいしゅつじょう》、サッカー部《ぶ》！
甲子園春夏連続出場《こうしえんはるなつれんぞくしゅつじょう》、野球部《やきゅうぶ》！
福井大会優勝《ふくいたいかいゆうしょう》、男子《だんし》バスケット部《ぶ》！

「おぇー。すごいの」

校舎《こうしゃ》にかかった垂《た》れ幕《まく》を見《み》あげて、あたし、友永《ともなが》ひかりは、思《おも》わず福井弁《ふくいべん》で感心《かんしん》した。となりにいる出来《でき》立《た》ての友《とも》だち、真美《まみ》と由美《ゆみ》も、福井弁《ふくいべん》で「ほやの」と言《い》ってうなずいた。

あたしがこの春《はる》に入学《にゅうがく》した、この県立福井中央高校《けんりつふくいちゅうおうこうこう》は、部活動《ぶかつどう》がさかんな学校《がっこう》だ。

放課後《ほうかご》、桜《さくら》の花《はな》びらが舞《ま》いちる前庭《まえにわ》に出《で》ると、いろんな部活《ぶかつ》の勧誘《かんゆう》ブースがずらりと立《た》ちならんでいた。吹奏楽部《すいそうがくぶ》、テニス部《ぶ》、バスケ部《ぶ》……。ブースに立《た》った上級生《じょうきゅうせい》たちは、あたしたちみたいな入学《にゅうがく》したての一年《ねん》生《せい》をつかまえようと、熱心《ねっしん》にビラをくばっていて、目《め》が合《あ》うとすかさず声《こえ》をかけてくる。

「あっ、一年生《ねんせい》だよね？　陸上部入《りくじょうぶはい》らない!?」

「入学《にゅうがく》おめでとう！　テニス部《ぶ》、見学《けんがく》だけでもどう？」

「きみたち、かわいいね！　野球部《やきゅうぶ》のマネージャーにならない!?」

ちょっと歩《ある》いただけで、このとおり。

こう右《みぎ》からも左《ひだり》からも注目《ちゅうもく》されると、なんだか自分《じぶん》がモテまくりのイケてる女子《じょし》になったみたいで、なかなか悪《わる》くない気分《きぶん》。人数集《にんずうあつ》めのためだってわかっていても、ついにやけてしまう。

真美《まみ》と由美《ゆみ》も、さっきからいろんな部活《ぶかつ》の先輩《せんぱい》たちに目《め》を向《む》けては、「かわいい」を連発《れんぱつ》している。

「真美《まみ》、ひかり、見《み》て！　テニス部《ぶ》のユニフォーム、超《ちょう》かわいいんやけど！」

「バレー部《ぶ》もイケてるが。まようわぁ」

もり上《あ》がる二人《ふたり》を見《み》て、あたしはやれやれと首《くび》をふる。

「二人《ふたり》とも、わかってないのぅ」

「えっ？　わかってないって、なにが？」

「どんな部活《ぶかつ》よりも、ダントツでユニフォームがかわいい部活《ぶかつ》があるってこと！」

「なにそれ？」

「ふふん。どう見《み》ても、いちばんかわいいのは……あれやろ！」

そう言《い》ってあたしが自信満々《じしんまんまん》で指《ゆび》さしたのは、前庭《まえにわ》のすみにぽつんとおかれている、「チアダンス部《ぶ》」と書《か》かれた立《た》て看板《かんばん》。看板《かんばん》には、目立《めだ》つ赤《あか》い文字《もじ》で、「初心者大歓迎《しょしんしゃだいかんげい》！　なかよく楽《たの》しく、レッツダンス！」と書《か》きそえてある。

看板《かんばん》のそばのブースでは、チアの衣装《いしょう》を着《き》た、茶髪《ちゃぱつ》や金髪《きんぱつ》の先輩《せんぱい》たちが、ネイルケアをしながらだるそうにしゃべっている。

「チアダンス部《ぶ》ぅ……？」

「そや！　イケてる女子《じょし》は、みーんな、あの部《ぶ》に入《はい》るんやよ！」

あのゆるそうな雰囲気《ふんいき》なら、きっとほかの運動部《うんどうぶ》みたいに、練習《れんしゅう》はハードじゃない。それなのに、ほかの部《ぶ》よりもユニフォームはかわいいし、演技《えんぎ》ははなやか。舞台《ぶたい》の上《うえ》でのはじける笑顔《えがお》は、きっと学校《がっこう》じゅうの男子《だんし》から注目《ちゅうもく》されるにちがいない。

かわいくおどって、おまけにモテる女子高生《じょしこうせい》ライフ！　これぞ、まさに青春《せいしゅん》！

「チアダンス部《ぶ》に入《はい》れば、バラ色《いろ》の高校生活《こうこうせいかつ》が待《ま》ってるんやよ！」

あたしがそのままおどりだしそうないきおいでそう言《い》うと、真美《まみ》と由美《ゆみ》は、二人《ふたり》して「うーん」と首《くび》をかしげる。

「まぁ、たしかに衣装《いしょう》はかわいいけど……」

「チアって、なんか投《な》げたりするやつやろ？　わたし、体《からだ》かたいし……」

「そんなん、これから練習《れんしゅう》すればいいがし！　競技場《きょうぎじょう》でおどるんやよ！　テレビ福井《ふくい》とかにうつってまうかもしれんよ！」

「テレビ福井《ふくい》って……。なんか、規模《きぼ》小《ちい》さくない？」

「そんなことないって！　のぅ、入《はい》ろっさ！　入《はい》ろっさ！」

あたしは、ちょっと強引《ごういん》に二人《ふたり》と肩《かた》をくんで、明《あか》るい声《こえ》で言《い》った。

「えー……、なんか、ひかり、やけにチアダンス部推《ぶお》しやのぅ……」

二人《ふたり》がふしぎそうな顔《かお》をしたとき、

「おう、ひかり」

と、うしろから声《こえ》をかけられた。

ふりかえると、そこに立《た》っていたのは、中学《ちゅうがく》のときの同級生《どうきゅうせい》、山下孝介《やましたこうすけ》。

「孝介《こうすけ》っ！」

「なんや、もう友《とも》だちできたんか。さすが、ひかりやな」

あたしは上目《うわめ》づかいで孝介《こうすけ》を見《み》あげて、にっこりとほほえむ。

「まぁね。孝介《こうすけ》はやっぱりサッカー部《ぶ》？」

「もちろん。絶対《ぜったい》、全国《ぜんこく》行《い》ってやるでの」

あたしと孝介《こうすけ》が親《した》しげに話《はな》すのを見《み》て、すぐに真《ま》美《み》と由美《ゆみ》がキラキラした目《め》であたしにたずねてくる。

「ちょ、ひかり、え、だれ？」

「ひかりの知《し》りあい？　まさか……！」

「まぁ……、いちおう、そんな感《かん》じっていうか、なんていうかぁ……、えへへ」

孝介《こうすけ》とは、学校帰《がっこうがえ》りにいっしょに寄《よ》り道《みち》したり、休《やす》みの日《ひ》に二人《ふたり》で映画《えいが》に行《い》ったり……、まぁ、そういう仲《なか》。

孝介《こうすけ》は根《ね》っからのスポーツマンで、小学生《しょうがくせい》のころからずっとサッカーをやっている。中学時代《ちゅうがくじだい》もサッカー部《ぶ》で活躍《かつやく》していて、あたしもよく応援《おうえん》に行《い》っていた。

ちなみに、真美《まみ》と由美《ゆみ》が興味津々《きょうみしんしん》な顔《かお》をしていることからもわかるように、顔《かお》も、わりとかっこいいと思《おも》う。

「あたし、高校《こうこう》ではチアダンス部《ぶ》に入《はい》って、孝介《こうすけ》の応援《おうえん》するでの！　国立競技場《こくりつきょうぎじょう》で！」

「おう、期待《きたい》してるわ。ひかりの応援《おうえん》」

孝介《こうすけ》が白《しろ》い歯《は》を見《み》せてにっと笑《わら》う。その顔《かお》を見《み》ているだけで、あたしはますますやる気《き》になる。

あのかわいいユニフォームを着《き》たあたしが、サッカーの全国大会《ぜんこくたいかい》がおこなわれる国立競技場《こくりつきょうぎじょう》で、孝介《こうすけ》の応援《おうえん》をする……。うん、最高《さいこう》の未来予想図《みらいよそうず》。

何人《なんにん》かの男子《だんし》といっしょに去《さ》っていく孝介《こうすけ》に、つい、にやにやしながら手《て》をふるあたし。そのようすを見《み》て、真美《まみ》と由美《ゆみ》があきれたような表情《ひょうじょう》になった。

「ははぁん。チアダンス部《ぶ》って、そういうことか」

「……バレた？」

あたしはぺろっと舌《した》を出《だ》して、「てへっ」と肩《かた》をすくめた。

さて、そしてついにむかえた、国立競技場《こくりつきょうぎじょう》でのサッカー部全国大会《ぶぜんこくたいかい》の決勝戦《けっしょうせん》。

同点《どうてん》のまま、ホイッスルが鳴《な》った。試合《しあい》の結果《けっか》は、孝介《こうすけ》のＰＫ《ピーケー》にかかっている。

ここでシュートをはずしたら、その瞬間《しゅんかん》に負《ま》けが決《き》まる……。

孝介《こうすけ》がプレッシャーに負《ま》けそうになった、そのとき！

『孝介《こうすけ》、がんばれ！』

チアダンスをおどるあたしの華麗《かれい》な応援《おうえん》がとどき、孝介《こうすけ》は見事《みごと》ゴールを決《き》めて、優勝《ゆうしょう》！

試合後《しあいご》、孝介《こうすけ》はまっ先《さき》にあたしのところにかけよってきて、さわやかな笑顔《えがお》で一言《ひとこと》。

『ひかりの応援《おうえん》のおかげや。結婚《けっこん》しよっさ！』

さらにそのようすが、テレビ福井《ふくい》で中継《ちゅうけい》されて、あたしたちは福井《ふくい》のベストカップルとして有《ゆう》名人《めいじん》になって——。

なーんて、あたしの壮大《そうだい》な妄想《もうそう》は、部活見学《ぶかつけんがく》に行《い》った日《ひ》にいきなりうちくだかれた。

「**チアダンス部《ぶ》は、アメリカをめざしてます**」

……は？　なに言《い》ってるんやし、この人《ひと》。ここ、福井《ふくい》やけど？

「**わたしたちは、アメリカに行《い》き、そして、全米大会《ぜんべいたいかい》で優勝《ゆうしょう》します！**」

ぽかんとするあたしの前《まえ》で、いきなり意味不明《いみふめい》な宣言《せんげん》をしたのは、チアダンス部《ぶ》の顧問《こもん》、早乙《さおと》女薫子先生《めかおるこせんせい》。早乙女先生《さおとめせんせい》は、三十代《だい》か四十代《だい》くらいの女《おんな》の先生《せんせい》で、背《せ》が高《たか》くて、目力《めぢから》がとてつもなく強《つよ》い。あと、全身《ぜんしん》からなんかギラギラしたオーラをはなっている。

先生《せんせい》が部室《ぶしつ》に入《はい》ってきたときは、「ちょっときつそうだけど、きりっとした顔立《かおだ》ちで、なかなか美人《びじん》やの」なんて、のんきに思《おも》っていたのに。

アメリカをめざす？　全米大会優勝《ぜんべいたいかいゆうしょう》？

いやいや、いくら目標《もくひょう》は大《おお》きくって言《い》っても、こんなやる気《き》なさそうな部《ぶ》で、いきなりそれはないって。あたしだって、青春《せいしゅん》しながら軽《かる》く練習《れんしゅう》して、かわいくおどって、孝介《こうすけ》の応援《おうえん》して……、あとついでにモテれば、それで十分《じゅうぶん》やし。めざすなら、せいぜい国立競技場《こくりつきょうぎじょう》やろ。

ちらりとまわりのようすをうかがうと、ほかの三十人《にん》ほどの入部希望者《にゅうぶきぼうしゃ》たちも、あたしと同《おな》じように完全《かんぜん》にドン引《び》きしている。

でもまぁ、それだけなら「夢《ゆめ》でかすぎやろ」と笑《わら》うくらいですんだ。問題《もんだい》は、そのあとだ。

早乙女先生《さおとめせんせい》は、苦笑《にがわら》いするあたしたちを見下《みお》ろして、当《あ》たり前《まえ》みたいに言《い》った。

「全米大会《ぜんべいたいかい》を制《せい》するために、あなたたちに今日《きょう》から守《まも》ってもらうべきことがあります！　まず、校則《こうそく》は順守《じゅんしゅ》！　スカートはひざ丈《たけ》！　ネイルは禁止《きんし》！　髪型《かみがた》は全員《ぜんいん》、ひっつめ頭《あたま》で、前髪《まえがみ》は禁止《きんし》！　わが部《ぶ》は全員《ぜんいん》、おでこ全開《ぜんかい》で行《い》きますから！」

はぁ!?　いやいや！　ありえんし！

そんな、イケてる女子《じょし》からほど遠《とお》いこと、できるわけないやろ！

心《こころ》のなかでさけんで、思《おも》わずあたしは立《た》ち上《あ》がった。

「先生《せんせい》！　前髪《まえがみ》がチアガールとなんの関係《かんけい》があるんですか？」

すると先生《せんせい》は、あたしをぎろりとにらみつける。

「チアガールじゃなくて、チアリーダー！」

……なにがちがうんか、わからん。

「っていうか、先輩《せんぱい》らはどれも守《まも》ってないような……」

部室《ぶしつ》のすみっこでだらけているチアダンス部《ぶ》の先輩《せんぱい》たちは、だれひとり、さっき先生《せんせい》が言《い》ったルールを守《まも》っていない。スカートはひざ丈《たけ》じゃないし、ネイルもしてるし、もちろんおでこ全開《ぜんかい》なんかじゃない。

「明日《あした》からやってもらいます！」

先生《せんせい》はきっぱりそう言《い》ったけど、先輩《せんぱい》たちはみんないやそうな顔《かお》をしている。どう考《かんが》えても、明日《あした》からルールを守《まも》ろうって雰囲気《ふんいき》じゃない。

こまり顔《がお》のあたしたちに、早乙女《さおとめ》先生《せんせい》は、ぴしゃりと言《い》いはなった。

「チアダンスは自分《じぶん》をさらけだすことが大事《だいじ》なの。おでこを出《だ》せない人《ひと》が、自分《じぶん》をさらけだせますか？」

さらけだすって……。あたし、今《いま》までおでこ全開《ぜんかい》の髪型《かみがた》にしたことないし……。

さっきの孝介《こうすけ》との恋愛《れんあい》ドラマ妄想《もうそう》も、ヒロインのあたしがおでこ全開《ぜんかい》じゃ、いまいちしっくりこない。

「それからもちろん、**恋愛《れんあい》は禁止《きんし》**ですから！」

「恋愛禁止《れんあいきんし》!? はぁあ!?」

今度《こんど》は、心《こころ》のなかではおさまらなくて、つい大声《おおごえ》でさけんでいた。すかさず先生《せんせい》が、「いちいちうるさいわね！」と、鬼《おに》のような形相《ぎょうそう》であたしをにらみつける。

「全米大会《ぜんべいたいかい》をめざすのに、恋愛《れんあい》にうつつをぬかしているヒマなんてないの！」

いやいやいや！ それじゃあ、チアダンス部《ぶ》に入《はい》る意味《いみ》ないが！

だけど、早乙女先生《さおとめせんせい》は、あたしたちの顔《かお》を一人《ひとり》ずつ見《み》まわして、低《ひく》い声《こえ》で言《い》った。

「違反《いはん》した者《もの》は……」

ごくり、とつばを飲《の》みこむあたしたちに向《む》かって、先生《せんせい》は、キッと眉《まゆ》をつりあげて、大《おお》きな声《こえ》で言《い》いはなつ。

「**地獄《じごく》におちなさい！**」

ゴロゴロ、ピカッ！

先生《せんせい》のセリフに合《あ》わせて、部室《ぶしつ》に雷《かみなり》が落《お》ちた……ような気《き》がした。

「……あれはないわぁ」

最悪《さいあく》の空気《くうき》のまま終《お》わった部活見学会《ぶかつけんがくかい》のことを思《おも》いだしながら、あたしは真美《まみ》と由美《ゆみ》といっしよに、帰《かえ》り道《みち》を歩《ある》いていた。学校《がっこう》からすぐの並木道《なみきみち》に落《お》ちた桜《さくら》の花《はな》びらが、春《はる》の風《かぜ》にふきとばされていく。

「今《いま》どき、地獄《じごく》におちろって。なんや、あの鬼《おに》ババア」

「ほんと、あの先生《せんせい》、強烈《きょうれつ》やったの……」

真《ま》美《み》と由《ゆ》美《み》も、すっかりつかれた顔《かお》をしている。

「完全《かんぜん》に問題《もんだい》かかえてるわ、チアダンス部《ぶ》。スカートはひざ丈《たけ》で、ネイルも前髪《まえがみ》も禁止《きんし》って、つまり、オシャレ禁止《きんし》ってことやろ？　おまけに恋愛《れんあい》まで禁止《きんし》！　ありえんわ。のぅ？」

あたしがそう言《い》うと、真《ま》美《み》と由《ゆ》美《み》も大《おお》きくうなずく。

「だいたい、アメリカとか、意味《いみ》わからんくない？」

「おでこ全開《ぜんかい》でテレビうつってもたらどうするんやし」

「ほやほや。だいたい、あんなのが顧問《こもん》で三年間《ねんかん》もやってけるはずないでの。ほかの部《ぶ》、さがそっさ。テニス部《ぶ》とか、マネージャーとか……」

あたしの青春《せいしゅん》、あんなところで終《お》わらせてたまるかし――と、思《おも》っていたのだけど。

「ひかり！」

ちょうどそのとき、孝介《こうすけ》に会《あ》ってしまった。サッカー部《ぶ》の仲間《なかま》らしい何人《なんにん》かの男子《だんし》と歩《ある》いていた孝介《こうすけ》は、あたしの姿《すがた》を見《み》つけて、こっちにかけよってくる。

「そっちも部活見学《ぶかつけんがく》の帰《かえ》りか？　俺《おれ》もサッカー部《ぶ》の帰《かえ》り。サッカー部《ぶ》、先輩《せんぱい》らもすげーいい人《ひと》やったし、同級生《どうきゅうせい》もいいやつらばっかりやった。もう正式《せいしき》な入部届《にゅうぶとどけ》も書《か》いたでな」

孝介《こうすけ》はちらりとサッカー部《ぶ》の仲間《なかま》たちに目《め》を向《む》けて、うれしそうに言《い》った。

「絶対《ぜったい》、あいつらといっしょに全国《ぜんこく》行《い》ってみせるでの。チアダンス部《ぶ》の応援《おうえん》、期待《きたい》してるわ！」

あぁ。そんなさわやかな笑顔《えがお》で、そんなこと言《い》われたら……。

「まかせて！　絶対《ぜったい》、応援《おうえん》するから！　孝介《こうすけ》もがんばってね！」

つい、こう言《い》っちゃうのが、あたし。

……こういうとき、いきおいだけで調子《ちょうし》のいいことを言《い》ってしまう自分《じぶん》の性格《せいかく》がうらめしい。

「じゃあ、俺《おれ》、あいつらと帰《かえ》るから」

「うん、またねっ」

はじける声《こえ》で言《い》って、笑顔《えがお》で孝介《こうすけ》に手《て》をふったあと、おそるおそる真美《まみ》と由美《ゆみ》の顔色《かおいろ》をうかがう。

やっぱり、二人《ふたり》とも、ものすごく冷《つめ》たい目《め》をしていた。

「う……。ま、まぁ、顧問《こもん》はあんな感《かん》じやけど、だいじょうぶやって。これからいっしょにがんばろっさ！　ねっ！」

そう言《い》って二人《ふたり》と肩《かた》をくもうとすると、するりとさけられた。

……それ、地味《じみ》に傷《きず》つくんやけど。

「ひかり。なんかかんちがいしてるみたいやけど、わたしらは入《はい》らんで、チアダンス部《ぶ》」

「えっ⁉　なんで⁉」

「なんでって、自分《じぶん》でさっきこれでもかってくらい、理由言《りゆうい》ってたし」

「そ、それは……、その……」

「もともとひかりのつきあいで見学行《けんがくい》っただけやし。わたしらは、ひかりとちがって、べつにチアダンス部《ぶ》にこだわる理由《りゆう》ないもん」

「そんなぁ……」

「ま、せいぜい、ひかりがアメリカ行《い》けるように応援《おうえん》してるわ」

真美《まみ》が半笑《はんわら》いでそう言《い》うと、由美《ゆみ》もにやにやしながら「ファイト！」と親指《おやゆび》を立《た》てた。

「あんたら、絶対《ぜったい》、あたしのこと、バカにしてるやろ⁉」

あぁ、もう！　あたしってば、なんで、チアダンス部《ぶ》で応援《おうえん》するなんて孝介《こうすけ》に言《い》っちゃったかなぁ！　素直《すなお》に、サッカー部《ぶ》のマネージャーになるとか言《い》えばよかった！

あたしが早《はや》くも後悔《こうかい》しはじめて、思《おも》いっきり頭《あたま》をかかえるのを、真美《まみ》と由美《ゆみ》は、あきれたように半笑《はんわら》いでながめていた。

★ ♪ ★ ♬

つぎの日《ひ》、あたしは朝《あさ》から鏡《かがみ》の前《まえ》で、何度《なんど》もため息《いき》をついて家《いえ》を出《で》た。

これからおでこ全開《ぜんかい》の女子高生《じょしこうせい》ライフがはじまると思《おも》うと、それだけでテンションが下《さ》がる。

スカートはひざ丈《たけ》で、ネイルも禁止《きんし》なんて。せっかく、新《あたら》しいマニキュア買《か》ったとこだったのに。前髪《まえがみ》もオシャレも恋愛《れんあい》も禁止《きんし》って、これじゃあ、バラ色《いろ》どころか、灰色《はいいろ》の高校生活《こうこうせいかつ》だ。

そう思《おも》ったのは、やっぱりあたしだけじゃなかったようで、つぎの日《ひ》にはすでに一年生《ねんせい》の部員《ぶいん》は一気《いっき》にへっていた。

入部希望者《にゅうぶきぼうしゃ》は三十人《にん》もいたのに、たった一日《にち》で、約半分《やくはんぶん》。……いや、半分《はんぶん》のこっただけでも奇跡《きせき》かも。

先生《せんせい》が来《く》るのを待《ま》ちながら、あたしはきょろきょろと部室《ぶしつ》のなかを見《み》まわした。

部屋《へや》のすみっこの棚《たな》には、古《ふる》いポンポンや、ダンス用《よう》の小道具《こどうぐ》らしきものがつめこまれている。

なんでも、ここはもともと、バトン同好会《どうこうかい》の部室《ぶしつ》だったらしい。

あまりきれいな部屋《へや》ではないけど、それなりの広《ひろ》さはあるし、ダンスの練習用《れんしゅうよう》に、壁一面《かべいちめん》に、大《おお》きな鏡《かがみ》が設置《せっち》されている。部室《ぶしつ》としては、けっこう立派《りっぱ》な部屋《へや》だと思《おも》う。

そして、あつまった部員《ぶいん》は、あたしをふくめて、十四人《にん》。もちろん全員《ぜんいん》、おでこ全開《ぜんかい》。

なんとなく観察《かんさつ》していると、十四人《にん》のなかに、三人《にん》だけ、おでこ全開《ぜんかい》でもどうどうとしている子《こ》たちがいた。

一人目《ひとりめ》は、玉置彩乃《たまきあやの》。手足《てあし》が長《なが》くて、スタイル抜群《ばつぐん》。横《よこ》でくくられたストレートのロングヘアーがきれいで、瞳《ひとみ》がぱっちりした美人《びじん》。すっとした姿勢《しせい》と、大人《おとな》っぽい顔立《かおだ》ちは、いかにも優等生《ゆうとうせい》って感《かん》じ。

二人目《ふたりめ》は、紀藤唯《きとうゆい》。少《すこ》しはねたショートカットで、練習用《れんしゅうよう》の私服《しふく》もちょっとボーイッシュ。やや猫背《ねこぜ》がちの姿勢《しせい》で、クールにすました顔《かお》をしていて、女子《じょし》だけど、かっこいいって言葉《ことば》がよく似《に》あう。

三人目《にんめ》は、村上麗華《むらかみれいか》。長《なが》いまつげと、切《き》れ長《なが》の目《め》。かわいいというよりは、お嬢様系《じょうさまけい》のきれいな顔立《かおだ》ち。

よく見《み》たら、なぜかトウシューズをはいている。

この三人《にん》だけは、おでこ全開《ぜんかい》でも平気《へいき》な顔《かお》をしている。

あたしはあんなふうにはなれないな、なんて思《おも》っていたら、横《よこ》から「のぉのぉ」と声《こえ》をかけられた。

「やっぱり、おでこ全開《ぜんかい》って、ちょっとはずかしいよね」

おでこをおさえてはにかんでいるのは、となりに立《た》っていた、同《おな》じクラスの永井《ながい》あゆみ。ダテメガネをかけていて、髪型《かみがた》はツインテール。しゃべり方《かた》はおっとりしている。

「わたしもこれ、ちょっとはずかしい……」

あゆみのとなりで、うなずきながら小声《こごえ》でつぶやいたのは、東多恵子《ひがしたえこ》。ちょっとぽっちゃりしていて、細《ほそ》いたれ目《め》。やさしそうな雰囲気《ふんいき》は、見《み》ているだけでなんだかなごむ。

……よかった。おでこ全開《ぜんかい》がはずかしいの、あたしだけじゃなかったんや。

あゆみや多恵子《たえこ》と、全開《ぜんかい》のおでこを見《み》せあいながら笑《わら》って、

少《すこ》しほっとした。

うん、この子《こ》らとはなかよくなれそう。

そう思《おも》ったとき、先生《せんせい》が部室《ぶしつ》に入《はい》ってきた。先生《せんせい》は、あいさつだけして、すぐにあたしたちを一列《れつ》にならばせた。

さっそくはじまったのは、前髪《まえがみ》チェック。先生《せんせい》があたしたちの前《まえ》を、いちいち前髪《まえがみ》をチェックしながら、ゆっくり歩《ある》いていく。

とちゅう、あゆみの前《まえ》で立《た》ちどまった先生《せんせい》が、キッとまゆをつりあげてさけぶ。

「メガネ！」

言《い》われたあゆみが、あわててダテメガネをはずす。

そして、つぎにあたしの前《まえ》で立《た》ちどまった先生《せんせい》は、あたしの顔《かお》をじろりと見《み》て、大声《おおごえ》でさけんだ。

「前髪《まえがみ》！」

うぅ……。ほんのちょっと、はしっこをおろしていただけなのに、めざとい。

「……これくらい見《み》のがしてくれてもいいが。女子力《じょしりょく》やが」

ぼそっとつぶやくと、先生《せんせい》にまた鬼《おに》のような顔《かお》でにらまれた。

「なにか言《い》った？」

めざというえに、地獄耳《じごくみみ》かし！

「昨日《きのう》、違反《いはん》した者《もの》は地獄《じごく》におちなさいって言《い》わなかったかしら？」

「はぁ……え、えっと……、ところで先生《せんせい》、先輩《せんぱい》らは？」

話《はなし》をそらすようにそうたずねると、先生《せんせい》はあっさりとこたえた。

「やめました」

「えっ!?　やめたって、全員《ぜんいん》ですか!?」

「ええ、そう。チアダンス部《ぶ》は、今日《きょう》からあなたたちだけです」

……うぇぇ。地獄《じごく》におちろもなにも、すでにここが地獄《じごく》なんじゃ？

なんにせよ、あたしのチアダンス部《ぶ》一年目《ねんめ》は、こうして不安《ふあん》だらけの状態《じょうたい》で幕《まく》を開《あ》けた。

2 いきなり落《お》ちこぼれ？

そもそもチアダンスって、なに？

あたしもチアダンス部《ぶ》に入《はい》るまで、知《し》っているようで、なんとなくのイメージしか持《も》っていなかった。

チアダンスとは、ポン、ジャズ、ヒップホップ、ラインダンスという四つのおどりの組《く》みあわせでできているらしい。

一つ目《め》、ポン。ポンポンを持《も》っておどる、いかにも「チア！」っていうイメージの元気《げんき》なダンス。

二つ目《め》、ジャズ。バレエみたいな、しなやかで流《なが》れるようなダンス。

三つ目《め》、ヒップホップ。パワフルさとリズム感《かん》のある、かっこいいダンス。

四つ目《め》、一列《れつ》にならんで、息《いき》を合《あ》わせて、みんなでキックをするラインダンス。

チアダンスでは、これらのおどりを組《く》みあわせて、二分《ふん》から二分半《ふんはん》の演技《えんぎ》をする。そんな、カップラーメンさえ作《つく》れないみじかい時間《じかん》できそいあうのが、チアダンスだ。

ちなみに、チアと言《い》われたら、だれかを放《ほう》り投《な》げたりする派手《はで》なパフォーマンスをイメージする人《ひと》が多《おお》いと思《おも》うし、あたしもそう思《おも》っていた。でもそれは、チアリーディング。チアダンスとはべつのもの。チアダンスでは、アクロバティックな動《うご》きは禁止《きんし》されている。

「……なんや、ただおどるだけかし。それなら、あたしでもできそう」

チアダンスの説明《せつめい》を聞《き》いたあたしが、ぼそっとつぶやくと、早乙女《さおとめ》先生《せんせい》がじろりとあたしをにらんだ。

「あなた、今《いま》、自分《じぶん》でもできそうだって言《い》ったわね」

うわ、やっぱり地獄耳《じごくみみ》や……。

「かんたんそうだと思《おも》うなら、見《み》てみなさい。世界《せかい》に通用《つうよう》するダンスを」

そう言《い》うなり、先生《せんせい》は、おもむろに一枚《まい》のDVD《ディーブイディー》を取《と》りだした。部室《ぶしつ》にある小《ちい》さなテレビで、それを再生《さいせい》しはじめる。

「これは、全米大会《ぜんべいたいかい》で三位《い》になった日本《にほん》の高校生《こうこうせい》たちの演技《えんぎ》です」

あたしたちと同《おな》じ高校生《こうこうせい》の演技《えんぎ》と言《い》われて、部員《ぶいん》はみんな、小《ちい》さなテレビ画面《がめん》にいっせいに注目《ちゅうもく》する。

画面《がめん》にうつっているのは、あたしたちとかわらないふつうの女子高生《じょしこうせい》たち。だけど、音楽《おんがく》がかかった瞬間《しゅんかん》に、その表情《ひょうじょう》や動《うご》きは、がらっとかわった。

「なんや、これ。ほんとに、同《おな》じ高校生《こうこうせい》かし……」

スピーディで、そろった動《うご》き。とんでもない高《たか》さまで上《あ》がって、ぴたりと止《と》まる足《あし》。あんなにはげしく動《うご》いているのに、まったくくずれないさわやかな笑顔《えがお》。

たった二分間《ふんかん》の演技《えんぎ》のなかに、どれだけの複雑《ふくざつ》な動《うご》きがつまっていただろう。

……こんなん、あたしには逆立《さかだ》ちしたって無理《むり》に決《き》まってる。

早乙女先生《さおとめせんせい》は、DVD《ディーブイディー》を止《と》めたあと、あたしたちに向《む》かって言《い》った。

「いい？　これで全米大会《ぜんべいたいかい》三位《い》なのよ。わたしたちは、これをこえるパフォーマンスをしなきゃいけないの」

いやいやいや。どう考《かんが》えても無理《むり》やろ……。

まわりを見《み》まわすと、みんな、あきれたような顔《かお》をしていた。部室《ぶしつ》の空気《くうき》は、すっかり冷《ひ》えきっている。真剣《しんけん》な顔《かお》をしているのは、彩乃《あやの》くらい。

部員《ぶいん》のあいだに流《なが》れる重《おも》たい空気《くうき》を無視《むし》して、早乙女先生《さおとめせんせい》は、さらに追《お》いうちをかけてきた。

「まずはあなたたちの今《いま》の実力《じつりょく》を知《し》る必要《ひつよう》があります。一人《ひとり》ずつ、おどってみて」

は!?　そんなこと急《きゅう》に言《い》われても、無理《むり》に決《き》まってるが!

あたしはとっさに、授業中《じゅぎょうちゅう》、先生《せんせい》にあてられないようにする子《こ》どもみたいに顔《かお》をふせた。横《よこ》を見《み》れば、あゆみと多恵子《たえこ》も同《おな》じようにひざをかかえている。

「こら、みんなしていっせいにうつむかない!　どうせあとで全員《ぜんいん》、前《まえ》に出《で》て一人《ひとり》ずつおどってもらいますからね!」

うるさいのぅ。あとでどうせやるにしても、緊張《きんちょう》する一番手《ばんて》なんて絶対《ぜったい》にごめんやし。

「だれか、われこそはっていう人《ひと》はいないの!?　いないなら順番《じゅんばん》に指名《しめい》するわよ!?」

先生《せんせい》がいらだったように言《い》うと、あたしのとなりで、だれかがすっと立《た》ち上《あ》がった。

彩乃《あやの》だ。彩乃《あやの》は背筋《せすじ》をピンとのばして、落《お》ちついた声《こえ》で先生《せんせい》に言《い》った。

「早乙女先生《さおとめせんせい》、わたしが最初《さいしょ》におどってもいいでしょうか」

「あなた、名前《なまえ》は?」

「玉置彩乃《たまきあやの》です」

「彩乃《あやの》……。そう。いいわ、おどって」

「はい。よろしくおねがいします」

彩乃《あやの》が頭《あたま》を下《さ》げると、先生《せんせい》は感心《かんしん》したようにうなずいて、ラジカセのスイッチを入《い》れた。

テンポのいい曲《きょく》が流《なが》れだすと、みんなの前《まえ》に出《で》た彩乃《あやの》が、その音《おと》に合《あ》わせておどりはじめた。

ぶっつけ本番《ほんばん》のはずなのに、まるで練習《れんしゅう》してきたみたいに、曲《きょく》とぴったり合《あ》ったダンス。かろやかに上《あ》がる足《あし》と、しなやかな手《て》の動《うご》き。それに、見《み》る人《ひと》を引《ひ》きつけるような明《あか》るい笑顔《えがお》。まさに、「これぞチアダンス！」って感《かん》じ。

……すごい。素人《しろうと》のあたしが見《み》てもわかる。彩《あや》乃《の》のダンスは、さっき見《み》た映像《えいぞう》のダンスにも、ぜんぜん負《ま》けてない。

先生《せんせい》も、どこかうれしそうな顔《かお》で、彩乃《あやの》のダンスをながめている。

最後《さいご》にポーズを決《き》めておどりおえた彩乃《あやの》が頭《あたま》を下《さ》げると、自然《しぜん》とみんなの拍手《はくしゅ》がそそがれた。

「すごいのぅ！　やってたんか？　チアダンス」

あたしがたずねると、彩乃《あやの》は、むすんだ長《なが》い髪《かみ》の毛《け》をゆらしてはにかんだ。

「中学《ちゅうがく》のときね」

っていうか、あんなにおどったのに、息一《いきひと》つみだれてない。

……ははぁ、本当《ほんとう》にすごい子《こ》やの。

「彩乃《あやの》の実力《じつりょく》はよくわかりました。じゃあ、つぎの人《ひと》」

先生《せんせい》にそう言《い》われて、つぎに立《た》ち上《あ》がったのは、麗華《れいか》だった。さっきの彩乃《あやの》のダンスに対抗意《たいこうい》識《しき》を燃《も》やしているのか、その目《め》はやる気《き》と自信《じしん》に満《み》ちている。

麗華《れいか》のダンスは、チアっぽい感《かん》じじゃなかったけど、動《うご》きがなめらかで体《からだ》がやわらかくて、なにより、足《あし》の上《あ》がり方《かた》がはんぱない。

「わたし、子《こ》どものときからバレエやってましたから」

おどりおえた麗華《れいか》は、自慢《じまん》げにそんなことを言《い》ったあと、服《ふく》のすそを持《も》ちあげて、バレリーナのようにおじぎをした。えらそうなドヤ顔《がお》はちょっとむかつくけど、たしかに経験者《けいけんしゃ》だけあって、ダンスはうまかった。

「わかりました。はい、つぎ」

今度《こんど》は唯《ゆい》が前《まえ》に出《で》て、ヒップホップをおどりはじめた。クールにキメた表情《ひょうじょう》と、キレのある動《うご》きがかっこいい。彩乃《あやの》や麗華《れいか》とはまたちがう、ふしぎな魅力《みりょく》のあるダンスだった。

たんたんとダンスを終《お》えて、もとの位置《いち》にすわった唯《ゆい》に、あたしは思《おも》わず声《こえ》をかける。

「さっきのダンス、かっこよかったの！　今度《こんど》それ教《おし》えてや」

「……人《ひと》に教《おし》えるなんてできん」

真顔《まがお》でばっさり切《き》りすてられた。なんか、気《き》むずかしそうな子《こ》やの……。

そのあと、おとなしそうだったあゆみは、意外《いがい》にもアイドルのようにきゃぴきゃぴしたかわいいダンスを。ずっともじもじしていた多恵子《たえこ》は、いざ曲《きょく》が流《なが》れだすと、上下《じょうげ》に体《からだ》をゆらしてはげしいダンスをおどった。

……あれ？　みんな、けっこうレベル高《たか》くない？　さっきの三人《にん》ほどじゃないけど、いちおう、ダンスらしい形《かたち》にはなっている。

「はい、じゃあつぎは、あなた。おどってみて」

ついにあたしの番《ばん》がきてしまった。

……ど、どうしよう。いきなりおどれって言《い》われても。でも、あたしだけやらないわけにはいかんし、先生《せんせい》が真顔《まがお》で超《ちょう》こっち見《み》てるし。

ええい、とにかく体《からだ》を動《うご》かしてさえいればダンスになる！　あとはもう、なるようになるやろ！

覚悟《かくご》を決《き》めて前《まえ》に出《で》たあたしは、流《なが》れだした音楽《おんがく》に身《み》をまかせて、元気《げんき》にとびはねた。

「1《ワン》、2《ツー》、3《スリー》、4《フォー》、いえーい！」

なかばやけくそで明《あか》るくさけんで、右《みぎ》に左《ひだり》にとびはねる。

子《こ》どものころ、おゆうぎ会《かい》でおどったダンスを思《おも》いだしながら、てきとうに両手《りょうて》をふりまわす。

とちゅうで、「いえーい！」とか「フー！」とか、むだにかけ声《ごえ》を入《い》れてごまかす。

思《おも》いつくかぎりのことをやったけど、まだ数十秒《すうじゅうびょう》しかたってない。

えーっと、あとチアダンスっぽい動《うご》きっていうと……、これや！

足《あし》の先《さき》をつかんで、横《よこ》に持《も》ちあげて、華麗《かれい》なY字《ワイじ》バランス！　……のつもりだったけど、足《あし》がまっすぐ上《あ》がらないどころか、そもそも一本足《いっぽんあし》で立《た》ててない。これはどう見《み》ても、ダンスじゃなくて、ただのフラフラした酔《よ》っぱらいの動《うご》きだ。

から回《まわ》りするあたしのおかしなダンス……らしきものを見《み》て、早乙女先生《さおとめせんせい》が、あきれ顔《がお》で言《い》う。

「なにしてるの。早《はや》くおどって」

「え？　いや、おどってますっ！」

あたしがそうこたえると、先生《せんせい》は、信《しん》じられないって顔《かお》でかたまった。そして、ものすごく深《ふか》いため息《いき》をついて、「つぎ！」とさけんだ。

息切《いきぎ》れしながらもとの場所《ばしょ》にもどったあたしは、先生《せんせい》をこっそりにらみつける。

ふん、ダンスに見《み》えもしなくて悪《わる》かったの！　どうせあたしはド素人《しろうと》やし！

だけど、ダンスの経験《けいけん》がなくて、「ダンスに見《み》えもしないダンス」しかできないのは、あたしだけじゃなかった。

彩乃《あやの》、麗華《れいか》、唯《ゆい》の三人《にん》が特別《とくべつ》なだけで、そのあとにおどったほかのみんなは、あたしとどんぐりの背《せい》くらべ。とくにダンスの経験者《けいけんしゃ》でもなかった。あゆみや多恵子《たえこ》も、ネット動画《どうが》のダンスをそれっぽくまねしてみただけらしい。

よく考《かんが》えたら、ダンスの強豪校《きょうごうこう》ってわけでもないし、そりゃそうだ。ちょっとほっとした。

「もういいわ。あなたたちの今《いま》の実力《じつりょく》はよーくわかりました」

全員《ぜんいん》のダンスが終《お》わると、先生《せんせい》はつかれたような顔《かお》でそう言《い》って、彩乃《あやの》のほうを向《む》いた。

「彩乃《あやの》。部長《ぶちょう》は、あなたにやってもらいます」

彩乃《あやの》はダンスの実力《じつりょく》もピカイチで、いかにも頭《あたま》のよさそうな優等生《ゆうとうせい》。まぁ、とうぜんの結果《けっか》だ。

彩乃《あやの》は、いきなりまかされた大役《たいやく》にたいして動《どう》じることもなく、立《た》ち上《あ》がって、「はい！」と返《へん》事《じ》をした。部室《ぶしつ》のまんなかに立《た》った彩乃《あやの》は、この一瞬《いっしゅん》で、もうチアダンス部《ぶ》の中心《ちゅうしん》になっている。

「……さすが、あたしとは大《おお》ちがいやのぅ」

だれにも聞《き》こえないくらいの声《こえ》でつぶやいて、あたしはまっすぐに立《た》つ彩乃《あやの》の横顔《よこがお》を見《み》あげた。

3 彩乃《あやの》とあたしの恋《こい》の嵐《あらし》

「コ、つきあってください!」

メガネをかけたまじめそうな男子《だんし》に、そう言《い》われたのは、あたし——ではなく、彩乃《あやの》。

ある日《ひ》の休《やす》み時間《じかん》、体育館裏《たいいくかんうら》を通《とお》りかかったとき、偶然《ぐうぜん》、彩乃《あやの》が告白《こくはく》されているシーンを目撃《もくげき》してしまった。

うわずった声《こえ》の、誠実《せいじつ》な告白《こくはく》。物陰《ものかげ》からこっそり見《み》ているだけで、関係《かんけい》ないこっちまでドキドキする。

でも彩乃《あやの》は、すぐに「ごめんなさい」と頭《あたま》を下《さ》げかえして、きっぱりと言《い》った。

「チアダンス部《ぶ》は恋愛禁止《れんあいきんし》なんです。だから、おつきあいはできません」

まじめか!

思《おも》わず、のぞき見《み》していることもわすれて、大声《おおごえ》でつっこみそうになった。

好《す》きじゃないならともかく、ふつう、そんな理由《りゆう》でことわる? もったいない! 先生《せんせい》にバレ

ないようにつきあえばいいだけなのに。それとも、ことわるための言《い》いわけ？

　そのころ、まだ彩乃《あやの》のことをよく知《し》らなかったあたしは、ひっそりと首《くび》をかしげた。

　でも、彩乃《あやの》のことを知《し》れば知《し》るほど、本当《ほんとう》にルールを守《まも》るためにことわったんだなと思《おも》うようになった。なんせ、彩乃《あやの》はまじめなのだ。

　クラスでも、彩乃《あやの》のうわさを耳《みみ》にする機会《きかい》は、だんだんふえていった。それも、ぜんぶ、悪《わる》いうわさじゃなくて、「彩乃《あやの》さんってすごいよね」という、いいうわさ。

　お父《とう》さんが裁判官《さいばんかん》で、最近《さいきん》、横浜《よこはま》から引《ひ》っこしてきた都会《とかい》っ子《こ》らしいとか、中学時代《ちゅうがくじだい》、チアダンスの関東大会《かんとうたいかい》で優勝《ゆうしょう》したことがあるらしいとか、成績《せいせき》はつねにトップクラスらしいとか。

顔立《かおだ》ちも、あたしとちがって大人《おとな》っぽくてきれいだし、都会出身《とかいしゅっしん》だから、言葉《ことば》づかいだって、上品《じょうひん》な標準語《ひょうじゅんご》。背《せ》もすらりと高《たか》くて、スタイルもよくて。だれにでもやさしくて、気《き》くばりができて……、とうぜん、男子《だんし》にも、めちゃくちゃモテる。

まさに、完全無欠《かんぜんむけつ》の優等生《ゆうとうせい》。彩乃《あやの》を見《み》ていると、「天《てん》は二物《にぶつ》をあたえず」とかいうことわざが、まるであてにならないことがよくわかる。

それに引《ひ》きかえ、あたしはというと――。

「痛《いた》い痛《いた》い！　無理無理《むりむり》！　マジ無理《むり》！」

「痛《いた》くないし無理《むり》じゃない！　痛《いた》いと思《おも》うから痛《いた》いの！　ほら、がんばって！」

いやいやいや！　痛《いた》いって！　なにするんやし、この鬼《おに》ババア！

部活中《ぶかつちゅう》、早乙女先生《さおとめせんせい》に思《おも》いっきり背中《せなか》をおされて、前屈《ぜんくつ》をしていたあたしは悲鳴《ひめい》を上《あ》げた。

地獄《じごく》だ……！　まさにここが地獄《じごく》だ……！

初日《しょにち》のダンスを見《み》て、今《いま》のあたしたちの実力《じつりょく》を知《し》った早乙女先生《さおとめせんせい》は、「彩乃《あやの》と麗華《れいか》と唯《ゆい》以外《いがい》の部員《ぶいん》には、まず、ダンス以前《いぜん》を教《おし》えます」と言《い》った。

そしてはじまったのが、筋《きん》トレ、走《はし》りこみ、柔軟体操《じゅうなんたいそう》。ダンスに必要《ひつよう》な基礎《きそ》を、徹底的《てっていてき》にたたきこむ、スパルタトレーニング。

ダンス以前《いぜん》って、こういうことかし……。

正直《しょうじき》、今《いま》までダンスはもちろん、たいして運動《うんどう》もしてこなかったあたしには、こういう地味《じみ》な練習《れんしゅう》がいちばんきつい。

「いい!? 体力《たいりょく》や柔軟性《じゅうなんせい》、この基礎《きそ》を身《み》につけなきゃ、あなたたちはいつまでもダンスの練習《れんしゅう》なんてできないわよ！」

早乙女先生《さおとめせんせい》がメガホンを片手《かたて》に、柔軟体操《じゅうなんたいそう》をしているみんなに大声《おおごえ》でさけぶ。

「……今《いま》どき、メガホン持《も》って指導《しどう》とか。ベタなスポ根《こん》ドラマの熱血教師《ねっけつきょうし》かし」

ぼそっとつぶやくと、早乙女先生《さおとめせんせい》が、さらにあたしの背中《せなか》を強《つよ》くおしてきた。

「ちょっ、先生《せんせい》！ 痛《いた》い痛《いた》い！ ギブギブ！」

この鬼《おに》ババア、力《ちから》かげんってもんを知《し》らんのかし！

「むだ口《ぐち》をたたいてるヒマがあったら、もっとがんばりなさい！ あなたがいちばん体《からだ》もかたいし、体力《たいりょく》もないし、リズム感《かん》もなくて、ダンスもへたくそなのよ！」

あー、もう、うるさいのぅ！ へたくそへたくそって、こっちは初心者《しょしんしゃ》なんやし、しょうがないやろ！

今《いま》のチアダンス部《ぶ》で、ちゃんとしたダンスの練習《れんしゅう》をゆるされているのは、彩乃《あやの》、麗華《れいか》、唯《ゆい》の三人《にん》だけ。ほかの部員《ぶいん》はみんな、こうしてグラウンドのすみっこで、毎日《まいにち》、柔軟体操《じゅうなんたいそう》や筋《きん》トレばかりさせられて、早乙女先生《さおとめせんせい》にしごかれまくっている。

「なーんで、あたしら、こんなことばっかしてるんやろ……」

チアダンスって、もっとはなやかなものだと思《おも》ってたのに……。

先生《せんせい》があたしのそばをはなれたすきに、ちらりと部室《ぶしつ》のなかをのぞくと、彩乃《あやの》が、唯《ゆい》と麗華《れいか》にチアダンスの動《うご》きを指導《しどう》していた。彩乃《あやの》がうまいのはもちろん、唯《ゆい》と麗華《れいか》も、指示《しじ》された複雑《ふくざつ》な動《うご》きを、あっさりとこなしている。

あー、かっこいい！　まさにイケてる女子《じょし》！　あたしも早《はや》く、ああいうのがやりたいんやって！　こんな地味《じみ》な基礎練習《きそれんしゅう》ばっかりじゃなくて！

でも、体《からだ》もかたくて体力《たいりょく》もないあたしは、すっかり部《ぶ》の落《お》ちこぼれあつかい。心《こころ》も体《からだ》もつかれきって、毎日《まいにち》、ボロボロだった。

「もう、絶対《ぜったい》、明日《あした》にはやめてやるでの！　チアダンス部《ぶ》！」

部活《ぶかつ》から帰《かえ》って、家《いえ》で晩《ばん》ご飯《はん》を食《た》べながらそう言《い》うと、お父《とう》さんに思《おも》いっきり笑《わら》われた。

「……なにがおかしいんやって」

「いや、ひかり、昨日《きのう》も、一昨日《おととい》も、同《おな》じこと言《い》ってたで」

「う……そ、そうやったっけ……？」

「ま、あれや。お父《とう》さんも応援《おうえん》してるで、たくさん食《た》べてがんばれ！」

お父《とう》さんはにこにこしながらそう言《い》って、あたしのお皿《さら》に、大《おお》きなからあげをのせる。

「いいって、そういうの……。っていうか、からあげばっか作《つく》るの、やめてって言《い》ってるが！　太《ふと》ってお父《とう》さんみたいな体形《たいけい》になったらどうするんやし！　ただでさえ落《お》ちこぼれやのに」

「ははは。でも、お父《とう》さんは、チアダンス、ひかりに向《む》いてると思《おも》うぞ。だって、ひかりには最《さい》強《きょう》の武器《ぶき》があるやろが」

そう。たしかに、なんの才能《さいのう》もないあたしにも、たった一つだけとりえがあった。

基礎練習《きそれんしゅう》のなかで、唯一《ゆいいつ》、あたしが得意《とくい》だったのが――、これ。

「チアダンスで大事《だいじ》なのは、笑顔《えがお》です！　そもそも『チア』という言葉《ことば》は、『応援《おうえん》する』という意《い》味《み》。本来《ほんらい》、チアダンスは、だれかを応援《おうえん》するためのものなの。だから、ダンスの技術《ぎじゅつ》だけじゃな

くて、見《み》る人《ひと》を元気《げんき》にするような、自然《しぜん》で明《あか》るい笑顔《えがお》が、チアダンスにはなによりも大事《だいじ》なの！」

練習《れんしゅう》のとちゅう、早乙女先生《さおとめせんせい》は、暑《あつ》くるしいくらい熱心《ねっしん》にそう説明《せつめい》して、あたしたちを一列《れつ》にならばせた。

「はい、全員《ぜんいん》、体《からだ》を左右《さゆう》に軽《かる》くゆらして、リズムをとりながら、笑顔《えがお》を作《つく》って！」

早乙女先生《さおとめせんせい》が、みんなの前《まえ》を歩《ある》きながら、それぞれの笑顔《えがお》をチェックしていく。

「多恵子《たえこ》、もっと自然《しぜん》に。あゆみはにやけすぎ。今度《こんど》は怒《おこ》ってるみたい。……ちがうちがう、ぜんぜんダメ！　なにその顔《かお》、気持《きも》ち悪《わる》い！」

人《ひと》の笑顔《えがお》に、気持《きも》ち悪《わる》いって。この人《ひと》には、やさしさとか思《おも》いやりってもんがないんかし。

そしてついに、先生《せんせい》があたしの前《まえ》にやってくる。

柔軟体操《じゅうなんたいそう》や筋《きん》トレやダンスはぜんぜんダメだけど、笑顔《えがお》にだけは自信《じしん》がある。むかしから、お父《とう》さんや親戚《しんせき》のおじさんに、「ひかりの笑顔《えがお》は天下一品《てんかいっぴん》」って言《い》われてたんだから。

あたしは左右《さゆう》に体《からだ》をゆらしながら、自然《しぜん》にほほえんだ。

さぁどうだ、この笑顔《えがお》！

早乙女先生《さおとめせんせい》は、あたしの顔《かお》をじっと見《み》つめてだまりこんだ。

お？　これは、あまりにもすばらしいあたしの笑顔《えがお》に、言葉《ことば》も出《で》ないって感《かん》じ？

なんて、調子《ちょうし》にのったことを思《おも》っていたら、急《きゅう》に先生《せんせい》がくわっと目《め》を見《み》ひらいて、けわしい表《ひょう》情《じょう》でさけんだ。

「前髪《まえがみ》！」

そこかし！

「おでこ全開《ぜんかい》でも、ブスはブスだからね！」

なっ……、ブス!?　このババア、言《い》わせておけば……！

あたしは微妙《びみょう》にはしっこをおろしていた前髪《まえがみ》をなおしつつ、心《こころ》のなかで、先生《せんせい》に向《む》かってべーっと舌《した》を出《だ》した。

いつか絶対《ぜったい》、ぎゃふんと言《い》わせてやるでの！

でも、ダンスはともかく、笑顔《えがお》には自信《じしん》があったから、ちょっとショックだった。たった一つのとりえが、まさか前髪《まえがみ》くらいのことで否定《ひてい》されるなんて。

笑顔《えがお》なら、あたしみたいな落《お》ちこぼれでも、彩乃《あやの》みたいな優等生《ゆうとうせい》に勝《か》てるかもしれないって思《おも》ってたのに。

「……あのババア。前髪《まえがみ》、前髪《まえがみ》って。そんなん、どうでもいいが」

つぎの日《ひ》の放課後《ほうかご》、前髪《まえがみ》をいじってぶつぶつ文句《もんく》を言《い》いながら部室《ぶしつ》へ向《む》かっていると、廊下《ろうか》で孝介《こうすけ》とすれちがった。

「おう、ひかり。なんか、つかれてるの」

「孝介《こうすけ》……」

「そっちもこれから部活《ぶかつ》やろ。もっとしゃんとせんと」

あたしは全開《ぜんかい》のおでこを気《き》にしながら、「ほやの」とあいまいな返事《へんじ》をした。心《こころ》ここにあらず状態《じょうたい》のあたしに、孝介《こうすけ》が半笑《はんわら》いで言《い》う。

「なんや、ひかりらしくないの。チアダンス部《ぶ》ってそんなにたいへんなんか」

「たいへんっていうか、主《おも》に鬼《おに》のような顧問《こもん》に問題《もんだい》があるっていうか……。ってか、チアダンス部《ぶ》、恋愛禁止《れんあいきんし》なんてありえんと思《おも》わん？　それだけはゆずれんわ」

孝介《こうすけ》やって、あたしとつきあえないなんてことになったら、こまるやろ。

そんな気持《きも》ちもこめて言《い》ったつもりだったのに、孝介《こうすけ》は、「へぇ」と気《き》のない返事《へんじ》をしただけ。

あまりあたしの話《はなし》を聞《き》いていないようだ。

「あ。チアダンス部《ぶ》っていえば、玉置彩乃《たまきあやの》が部長《ぶちょう》なんやろ。なんか、横浜《よこはま》から引《ひ》っこしてきたとか……、あと、中学《ちゅうがく》のとき、チアダンスの関東大会《かんとうたいかい》で優勝《ゆうしょう》したこともあるらしいの」

「……ずいぶんくわしいのぅ」

「そりゃ、男子《だんし》のあいだでもよく話題《わだい》になってるし。うちのクラスの矢代《やしろ》も、この前《まえ》、玉置《たまき》に告《こく》白《はく》したらしいの」

告白《こくはく》？　……あぁ、あのときの。あのメガネの彼《かれ》、矢代《やしろ》くんっていうのか。

「でも彩乃《あやの》、ことわったやろ。チアダンス部《ぶ》は恋愛禁止《れんあいきんし》だからって」

「おう、俺《おれ》もそれ、うわさで聞《き》いたわ。いやぁ、玉置《たまき》はすごいやつやの。ダンスもうまくて、美《び》人《じん》で勉強《べんきょう》できるうえに、まじめで」

……たしかに、彩乃《あやの》はすごい。孝介《こうすけ》の言《い》ってることはわかる。よーく、わかる。

でも、ちょっともやもやする。

「待《ま》ってよ、孝介《こうすけ》。彩乃《あやの》がすごいのは事実《じじつ》やけど……、でも、なにもあたしの前《まえ》で、そんなにほかの女《おんな》の子《こ》、ほめることないわ」

ほかの男子《だんし》は彩乃《あやの》がいちばんでもいいけど、孝介《こうすけ》だけは。

なんか、今《いま》のあたし、べつの女《おんな》の子《こ》のことばかり話《はな》す彼《かれ》に、ヤキモチを焼《や》くかわいい彼女《かのじょ》みたい。

でも、あたしの言葉《ことば》を聞《き》いた孝介《こうすけ》は、半笑《はんわら》いでさらりと言《い》った。

「え、なんで？　俺《おれ》たち、つきあってたっけ」

………え？

「い、一回《かい》、映画《えいが》に行《い》ったが」

「行《い》ったよの。おもしろい映画《えいが》やったの」

で、それが？　と言《い》いたげな顔《かお》。

そ、そりゃたしかに、「つきあってください」とか、そういうやりとりをしたわけじゃないけど……。

「しかし、玉置彩乃《たまきあやの》はすごいやつやの」

孝介《こうすけ》がまたしみじみした顔《かお》でそんなことを言《い》うので、あたしは雷《かみなり》にうたれたようなショックを受《う》けて、もうなにも言《い》えなくなった。


「……目《め》が死《し》んでる」

部室《ぶしつ》での笑顔《えがお》の練習中《れんしゅうちゅう》、早乙女先生《さおとめせんせい》にそう言《い》われた。

「なんなの、その笑顔《えがお》。目《め》は死《し》んでるし、アホみたいに口《くち》は半開《はんびら》きだし」

アホって。でも、おそらく今《いま》のあたしは、本当《ほんとう》にひどい顔《かお》をしているのだと思《おも》う。

「……まったく。あなたは、笑顔《えがお》だけはよかったのに。体《からだ》もかたいし、ダンスもへただけど、笑《え》顔《がお》、だけ、はよかったのに」

だけ、をやたらと強調《きょうちょう》して、頭《あたま》をかかえる早乙女《さおとめ》先生《せんせい》。それでもあたしがぼーっとしつづけていると、先生《せんせい》はメガホンをあたしの鼻先《はなさき》につきつけて怒鳴《どな》った。

「そんな死《し》んだ魚《さかな》みたいな顔《かお》して！　たった一つのとりえだった笑顔《えがお》さえできないなら、もう地《じ》獄《ごく》におちなさい！」

ええい、うるさい、この鬼《おに》ババア！　こっちの気《き》も知《し》らんと！　死《し》んだ魚《さかな》の気持《きも》ちがあんたにわかるんかし！

……なんて、今《いま》は怒《おこ》る気力《きりょく》もない。

結局《けっきょく》、あたしはその日《ひ》の練習《れんしゅう》が終《お》わるまで、ずっとその顔《かお》のままで、先生《せんせい》だけじゃなく、部員《ぶいん》のみんなにまで、「不気味《ぶきみ》」と言《い》われつづけた。

4 はじめてのチアダンス

つぎの日《ひ》の放課後《ほうかご》、あたしは部室《ぶしつ》に行《い》かずに、学校《がっこう》の中庭《なかにわ》で一人《ひとり》、ため息《いき》をついていた。

ただでさえ、自分《じぶん》が落《お》ちこぼれだと思《おも》ってへこんでいたのに、孝介《こうすけ》にまで「俺《おれ》たち、つきあってたっけ」なんて言《い》われたら、もうやってられない。……っていうか、孝介《こうすけ》とつきあえないなら、そもそもチアダンス部《ぶ》にいる意味《いみ》、ないし。

……いっそ、このままサボって帰《かえ》って、やめてまおっかな、チアダンス部《ぶ》。

中庭《なかにわ》のベンチにすわって、ぼんやりそんなことを考《かんが》えていたら、

「ひかりちゃん！」

と、急《きゅう》に名前《なまえ》を呼《よ》ばれた。息《いき》を切《き》らしてあたしにかけよってきたのは、彩乃《あやの》だ。

「よかった、まだ帰《かえ》ってなくて。おそいからどうしたのかと思《おも》って。もう練習《れんしゅう》はじまるよ」

気《き》づかうようにそう言《い》ってほほえむ彩乃《あやの》は、女子《じょし》のあたしから見《み》てもかわいい。スタイルもいいし、ダンスもうまいし、頭《あたま》もいいし、まじめだし、本当《ほんとう》にいい子《こ》だと思《おも》う。

そりゃ、男子《だんし》はみんなこういう子《こ》のことを好《す》きになるに決《き》まってる——孝介《こうすけ》だって、きっと。

自分勝手《じぶんかって》な嫉妬《しっと》だってことはわかってたけど、やっぱりくやしい。

あたしは、制服《せいふく》のポケットに手《て》をつっこんで、わざとそっけなく言《い》った。

「……あたし、やめるで。チアダンス部《ぶ》」

「えっ？」

「もう、なんの魅力《みりょく》も感《かん》じんで。応援《おうえん》したい人《ひと》もいなくなったし」

孝介《こうすけ》なんて、もう知《し》らんし。

自分《じぶん》でも子《こ》どもっぽい態度《たいど》だなとは思《おも》ったけど、あたしはくちびるをとがらせて、ぷいっとそっぽを向《む》いた。

「アメリカなんて、行《い》けるはずないし、行《い》きたくもないし。福井《ふくい》のほうが好《す》きやし」

あたしがいじけているのを見《み》た彩乃《あやの》は、しばらくだまりこんだあと、ぽつりとつぶやいた。

「……よかったのに」

「え？」

「ひかりちゃん、笑顔《えがお》、だけ、はよかったのに」

「だけ、って……。それ、ほめてる？　けなしてる？」

「せめて、一曲通《きょくとお》してみんなでおどってからにしない？　一曲通《きょくとお》しておどれば、チアダンスの魅《み》力《りょく》がわかるはずだから」

そう言《い》って、真剣《しんけん》な顔《かお》であたしを見《み》つめる彩乃《あやの》。

……一曲通《きょくとお》して、かぁ。たしかに、仮《かり》にもチアダンス部《ぶ》に入《はい》ったのに、一曲《きょく》もおどったことがないまま終《お》わるっていうのも、ちょっとイケてない。真美《まみ》や由美《ゆみ》にもバカにされそうだし、孝介《こうすけ》にもまた笑《わら》われそう。

あたしがまよっていると、突然《とつぜん》、「ほやほや！」と明《あか》るい声《こえ》がした。

見《み》れば、彩乃《あやの》のうしろに、いつのまにかあゆみと多恵子《たえこ》が立《た》っていた。二人《ふたり》は、にっこり笑《わら》いながら言《い》う。

「ひかり、笑顔《えがお》だけはよかったもん」

「うんうん、笑顔《えがお》だけはね！　このままやめるなんてもったいないって！」

えぇい！　みんなして、だけだけって、うるさいのぉ！

あたしがむっとして口《くち》をひらこうとしたとき、

「なんや、おまえ、もうやめるんか」

と、今度《こんど》は、うしろから声《こえ》がした。思《おも》わずいきおいよくふりかえると、そこにはサッカー部《ぶ》のユニフォームを着《き》た孝介《こうすけ》が立《た》っていた。

「孝介《こうすけ》!?　なんでこんなとこに……？」

「いや、体育倉庫《たいいくそうこ》に備品《びひん》とりにいって、通《とお》りかかったら、やめるとか言《い》ってるおまえの声《こえ》が聞《き》こえたで。応援《おうえん》、期待《きたい》してたのに、そんなかんたんにやめるんかし」

なっ!?　だれのせいやと思《おも》ってるんやし！

だけど、そこまで言《い》われたら、このまま、「笑顔《えがお》だけの中途半端《ちゅうとはんぱ》なやつ」で終《お》わるのは、いやな気《き》がしてきた。どうせ、やめようと思《おも》えば、いつでもやめられるんだし。せっかくはじめたんだから、せめて、一曲《きょく》くらい。

「……わかった。じゃあ、一曲《きょく》だけ」

あたしがそう言《い》うと、彩乃《あやの》がにっこり笑《わら》って、うれしそうに言《い》った。

「よし！　そうと決《き》まれば、早《はや》く、屋上《おくじょう》に行《い》こう！」

「はいはい、わかっ……」

ん？

「屋上《おくじょう》？　部室《ぶしつ》じゃなくて？」

ふしぎそうな顔《かお》をするあたしに、彩乃《あやの》はにっこり笑《わら》ってうなずいた。

彩乃《あやの》にみちびかれるまま、あたしは、あゆみや多恵子《たえこ》といっしょに、チアダンス部《ぶ》のメンバーがあつまる屋上《おくじょう》に上《あ》がってきた。屋上《おくじょう》には、初夏《しょか》のさわやかな風《かぜ》がふいている。

「今日《きょう》はここで一曲通《きょくとお》しておどる練習《れんしゅう》をしよう！」

「でもさぁ、彩乃《あやの》。早乙女先生《さおとめせんせい》の基礎練習《きそれんしゅう》、サボっていいわけ？」

あたしの問《と》いかけに、彩乃《あやの》はこたえなかった。めずらしく、おろおろしながら、右《みぎ》に左《ひだり》に目《め》をおよがせている。

ははぁ。さては彩乃《あやの》、早乙女先生《さおとめせんせい》の許可《きょか》はとってきてないな……？　これはあとでバレたら怖《こわ》いぞ……？

でも、部室《ぶしつ》に閉《と》じこもっているより、こうして屋上《おくじょう》に立《た》っているほうが、ずっと気分《きぶん》もいい。

とりあえず今《いま》は、鬼《おに》ババア……もとい、早乙女先生《さおとめせんせい》のことはわすれよう。

大《おお》きく伸《の》びをしながら、グラウンドを見下《みお》ろすと、サッカー部《ぶ》が練習《れんしゅう》しているのが見《み》えた。あのなかに、きっと孝介《こうすけ》もいるんだろう。どれが孝介《こうすけ》かはわからなかったけど、必死《ひっし》に走《はし》っているサッカー部員《ぶいん》たちを見《み》ていたら、ちょっとだけ、あたしのやる気《き》ももどってきた。

「さ、はじめよう！」

みんなの顔《かお》を見《み》まわして、彩乃《あやの》が笑顔《えがお》でぱんと手《て》をたたく。

「わたしが前《まえ》でおどるから、それと同《おな》じように合《あ》わせてね。まちがえてもいい、失敗《しっぱい》してもいいから、笑顔《えがお》だけ、はわすれずに！」

……まーた、「笑顔《えがお》だけ」かし。

「1《ワン》、2《ツー》、3《スリー》、4《フォー》！　みーぎ、ひだり……」

彩乃《あやの》のかけ声《ごえ》にしたがって、かんたんなステップをふむ。

最初《さいしょ》はダンスというよりも、ただのぎこちない変《へん》な動《うご》きだったけど、なれて少《すこ》しずつペースを上《あ》げていくと、だんだんダンスらしくなってきた。

「そうそう、失敗《しっぱい》してもいいから、とにかくおどってみよう！　まちがえても照《て》れないで！」

そして彩乃《あやの》は、みんなに向《む》かって大《おお》きな声《こえ》で呼《よ》びかけた。

「**明《あか》るく、素直《すなお》に、美《うつく》しく、**だよ！」

彩乃《あやの》が言《い》ったその言葉《ことば》が、すとんと胸《むね》に落《お》ちた。

ああ、チアダンスって、そういうものなんだな、って。だれかを応援《おうえん》するときの気持《きも》ちとか、ダンスっていう競技《きょうぎ》の魅力《みりょく》とか、あたしの想像《そうぞう》していた「チアダンスにとって大事《だいじ》なこと」が、このシンプルな言葉《ことば》にこめられている……ような気《き》がする。

麗華《れいか》は「小学生《しょうがくせい》かよ」とあきれ顔《がお》でぼやいていたけど、あたしはこの言葉《ことば》、けっこう好《す》きだ。

「あかるくっ……すなおにっ……、うつくしくっ……！」

あたしは、みんなには聞《き》こえない小声《こごえ》でつぶやきながら、右《みぎ》に左《ひだり》にステップをふんだ。

手《て》を動《うご》かすと足《あし》の、足《あし》を動《うご》かすと手《て》の動《うご》きがおろそかになる。彩乃《あやの》はかんたんそうにおどっているのに、いざ自分《じぶん》がやると、なかなかむずかしい。

でも、しばらくみんなといっしょに練習《れんしゅう》していると、見《み》よう見《み》まねだけど、だいぶダンスらしい形《かたち》になってきた。

「うん、いい感《かん》じだよ！　じゃあ、みんなで合《あ》わせて、つづけてやってみよう。せーのっ！」

と、彩乃《あやの》がかけ声《ごえ》をかけたとき、屋上《おくじょう》に早乙女先生《さおとめせんせい》がやってきた。

「ちょっと、あなたたち、なにやってるの！」

……またバッドタイミングでやってくるのぅ、この鬼《おに》ババアは。

「勝手《かって》なことしないで、基礎練習《きそれんしゅう》にもどりなさい！」

鬼《おに》に見《み》つかったから、これにてタイムオーバー。これで、またいつもの地獄《じごく》の基礎練習《きそれんしゅう》タイムに逆《ぎゃく》もどり。一曲通《きょくとお》しておどるなんて、早乙女先生《さおとめせんせい》の支配下《しはいか》じゃ、やっぱり無理《むり》だ。

そんなふうに、あたしは一瞬《いっしゅん》であきらめモードに入《はい》ったのだけど、彩乃《あやの》はちがった。

彩乃《あやの》は、すっと先生《せんせい》の前《まえ》に出《で》ていって、きりっとした顔《かお》で言《い》った。

「勝手《かって》なことをしてすみません！　先生《せんせい》の基礎練習《きそれんしゅう》は、朝《あさ》、早《はや》く来《き》てこれからもやりますから！」

……お？　なんで勝手《かって》に朝練《あされん》やるの決定《けってい》してんの？

思《おも》わず顔《かお》をしかめてしまったのは、あたしだけじゃない。

「えー……、それはちょっと……」

「わたし、朝《あさ》は無理《むり》かも……」

あゆみと多恵子《たえこ》が苦《にが》い顔《かお》をする。麗華《れいか》も「ありえん」といやそうにつぶやいたし、唯《ゆい》も不機嫌《ふきげん》そうな顔《かお》をしてだまっている。

でも、彩乃《あやの》がいっさいひるまずに力強《ちからづよ》く言《い》いきったせいで、だれもなにも言《い》えなかった。一度《いちど》こうと決《き》めた彩乃《あやの》は、意地《いじ》でもそれをやりとおす。彩《あや》乃《の》はああ見《み》えて、意外《いがい》とがんこなところがあるのだ。

彩乃《あやの》は、まっすぐに早乙女先生《さおとめせんせい》を見《み》つめたまま、真剣《しんけん》な顔《かお》で主張《しゅちょう》する。

「今《いま》は、一曲通《きょくとお》しておどることで、みんなにチアダンスの楽《たの》しさを知《し》ってほしいんです。部長《ぶちょう》として、そう思《おも》います。おねがいします！」

そんなこと言《い》ったら、また早乙女先生《さおとめせんせい》の「地獄《じごく》におちなさい」が出《で》るに決《き》まってる……と思《おも》ったのだけど、意外《いがい》なことに、先生《せんせい》は小《ちい》さく息《いき》をついただけだった。

「わかりました。じゃあ、彩乃《あやの》の思《おも》うようにやってみなさい」

……うっそ。あの鬼《おに》ババアが、彩乃《あやの》の意見《いけん》を受《う》け入《い》れた？　マジで？

「ありがとうございますっ！」

ぱっと顔《かお》をかがやかせて、彩乃《あやの》が深々《ふかぶか》と頭《あたま》を下《さ》げる。

そのあと、あたしたちが彩乃《あやの》に振《ふ》り付《つ》けを教《おそ》わっているあいだも、先生《せんせい》はただ静《しず》かに、屋上《おくじょう》のすみに立《た》って、あたしたちの練習《れんしゅう》を見《み》つめているだけだった。まぁ、だまって見《み》られてるのも、それはそれで変《へん》なプレッシャーを感《かん》じるけど……。

なんにせよ、その日《ひ》から、彩乃《あやの》を中心《ちゅうしん》に、一曲通《きょくとお》しておどる練習《れんしゅう》がはじまった。

とはいえ、正直《しょうじき》、最初《さいしょ》のうちは、とにかく振《ふ》り付《つ》けを覚《おぼ》えるのでせいいっぱいで、特別楽《とくべつたの》しいとは思《おも》わなかった。それに、二人一組《ふたりひとくみ》になって足《あし》を持《も》ちあげるとか、水《みず》の入《はい》ったペットボトルを両手《りょうて》に持《も》っておどるとか、想像《そうぞう》より地味《じみ》な練習《れんしゅう》もたくさんあった。

だけど、自分《じぶん》の動《うご》きが、少《すこ》しでもダンスらしい形《かたち》になってくると、やっぱりうれしい。地味《じみ》な基礎練習《きそれんしゅう》も、前《まえ》ほどはいやじゃない。

さらに練習《れんしゅう》をかさねて、体《からだ》がダンスを覚《おぼ》えてくると、あたしの気持《きも》ちもだんだんかわってきた。

「えーっと、タタン、のリズムで、横《よこ》にとんで……、1《ワン》、2《ツー》、3《スリー》、4《フォー》……、1《ワン》、2《ツー》、で、ターン！　彩乃《あやの》、ここ、これで合《あ》ってる？」

「そうそう。足《あし》はそれで合《あ》ってるよ。ただ、足元《あしもと》を見《み》ないように気《き》をつけてね。せっかくの笑顔《えがお》も、うつむいちゃったら見《み》えないから」

「あー……、気《き》をつけるわ。つい足元《あしもと》が気《き》になって、チラ見《み》してまうんやっての」

「最初《さいしょ》はしかたないよ。だんだんなれてくると思《おも》う」

「えっと、つぎは、1《ワン》、2《ツー》、3《スリー》、4《フォー》……、手《て》はななめにのばして……、みーぎ、ひだり……。うーわ、まちがえそー。あゆみ、多恵子《たえこ》、ここの振《ふ》り付《つ》け、いっしょに練習《れんしゅう》しよっさ！」

練習中《れんしゅうちゅう》にまわりを見《み》わたすよゆうが出《で》てくると、ダンスのことだけじゃなくて、みんなのことも、少《すこ》しずつわかりはじめた。

たとえば、麗華《れいか》は口《くち》が悪《わる》いしきつい性格《せいかく》だけど、自分《じぶん》のダンスにもきびしい。他人《たにん》からなにか指摘《してき》されると、ちょっとしたことでもすぐに怒《おこ》って不機嫌《ふきげん》になるけど、自分自身《じぶんじしん》がなっとくいかないところは、何度《なんど》もくりかえして練習《れんしゅう》している。

唯《ゆい》は、無口《むくち》であまり笑《わら》わないけど、あたしや初心者組《しょしんしゃぐみ》のみんながうまくおどれなくてなやんでいるとき、だまってとなりでおどって、お手本《てほん》をみせてくれた。あれは唯《ゆい》の不器用《ぶきよう》なやさしさだったんだと思《おも》う。

あゆみは、アイドル好《ず》きなのが影響《えいきょう》しているのか、ダンスもなんだか明《あか》るくてはなやか。はじけるような大《おお》きな動《うご》きは、大人数《おおにんずう》でおどっていてもよく目立《めだ》つ。それと、ちょっと能天気《のうてんき》でマイペース。

多恵子《たえこ》は、おっとりしているように見《み》えて、おどっているときの動《うご》きはキレッキレ。朝《あさ》は弱《よわ》いみたいで、朝練《あされん》のときは、よく眠《ねむ》たそうにあくびをしているけど、ダンスがはじまるとすごく楽《たの》しそうで、いつも生《い》き生《い》きしている。

部長《ぶちょう》の彩乃《あやの》は、ダンスがうまいだけじゃなくて、性格的《せいかくてき》にも、まさにみんなを引《ひ》っぱっていくリーダー。生《う》まれながらに、みんなの中心《ちゅうしん》になる素質《そしつ》を持《も》ってるって感《かん》じ。あと、とにかくチアダンスが大好《だいす》き。

そして、もうひとつ。あたし自身《じしん》について、とても大《おお》きな発見《はっけん》があった。

「……ふふ」

あるとき、あたしが練習《れんしゅう》しているのを見《み》て、彩乃《あやの》がくすりと笑《わら》った。

「えっ!? あたし、今《いま》、どっかまちがってた?」

「ううん、ごめん。そうじゃないの。ただ、ひかりちゃん、すっごく楽《たの》しそうにおどるなぁって思《おも》って」

そう言《い》われて、自分《じぶん》でもおどろいた。

たしかに、あたしは今《いま》、おどりながら、自然《しぜん》と笑顔《えがお》になっていた。

もしかしたら、あたしも、みんなと同《おな》じように、けっこうチアダンスが好《す》き……なのかもしれない。

「みんな、今日《きょう》はラインダンスの練習《れんしゅう》をしよう!」

通《とお》しておどる練習《れんしゅう》をはじめて、数日後《すうじつご》、彩乃《あやの》がそう呼《よ》びかけると、いっせいにみんながならんだ。チームワークもだいぶよくなったし、彩乃《あやの》はもうすっかりみんなにたよられる立派《りっぱ》なリーダーだ。……彩乃《あやの》のほうが、早乙女《さおとめ》先生《せんせい》よりずっと優秀《ゆうしゅう》な指導者《しどうしゃ》かも。

「まずは、となりの人《ひと》と肩《かた》をくんでみて。ちょうど手《て》が肩《かた》にふれるくらいの、近《ちか》すぎず遠《とお》すぎずの距離《きょり》をたもって……、そうそう。その状態《じょうたい》で、曲《ま》げた状態《じょうたい》の右足《みぎあし》を上《あ》げてみて。体《からだ》がぐらぐらしないように、軸足《じくあし》はしっかりのばしてね。ラインダンスの基本《きほん》は、この『パッセ』の状態《じょうたい》と──」

「足《あし》をまっ正面《しょうめん》にけり上《あ》げる『フロントキック』。ラインダンスのときは、立《た》ち位置《いち》がずれたり、姿勢《しせい》がくずれないように気《き》をつける……やろ？」

彩乃《あやの》の言葉《ことば》にかぶせてそう言《い》うと、彩乃《あやの》が目《め》を丸《まる》くする。

「えっ？　なんで知《し》ってるの？」

「これでもチアダンス部《ぶ》の部員《ぶいん》やし、ネットでダンス用語《ようご》とか調《しら》べたんやって。彩乃《あやの》にたよってばっかじゃ悪《わる》いしの」

「ひかりちゃん……」

「よーし、みんな、さっそくやってみよっさ！　1《ワン》、2《ツー》、3《スリー》、4《フォー》！」

まぁ、知識《ちしき》はふえても、体《からだ》のかたさはかわらない。ざんねんながら、足《あし》はあんまり上《あ》がらなかったし、軸足《じくあし》はぶれてフラフラしていた。みんなの動《うご》きもバラバラ。ラインダンスは、大《おお》きな課《か》題《だい》だった。

ある日《ひ》、自分《じぶん》の家《いえ》で、ふと思《おも》いたって、柱《はしら》に足《あし》をかけてみた。足《あし》を上《あ》げられた高《たか》さに、目印《めじるし》のマスキングテープを貼《は》りつけてみる。

「……低《ひく》っ！」

あらためて見《み》ると、貼《は》ったテープは、予想以上《よそういじょう》に低《ひく》い場所《ばしょ》にあった。限界《げんかい》まで上《あ》げているつもりだったのに、こんなに低《ひく》かったなんて。

なるほど、これじゃあ麗華《れいか》に嫌《いや》みを言《い》われるはずだ。

全米制覇《ぜんべいせいは》とは言《い》わないし、彩乃《あやの》や麗華《れいか》みたいにとも言《い》わない。でもせめて、もうちょっと。ほんの少《すこ》し、今《いま》よりも高《たか》く。

「アメリカは無理《むり》でも……、とどけ、国立競技場《こくりつきょうぎじょう》ー！」

それからあたしは、毎日《まいにち》、新《あたら》しいマスキングテープを貼《は》りつけて、少《すこ》しずつ高《たか》くしていった。


そして、屋上《おくじょう》での練習《れんしゅう》をはじめて、数週間後《すうしゅうかんご》——

セミがうるさく鳴《な》いている真夏《まなつ》のある日《ひ》。

「じゃあみんな、通《とお》しておどるよ！　まちがえてもいいから、とちゅうでやめずに、笑顔《えがお》でね！　明《あか》るく、素直《すなお》に、美《うつく》しく、だよ！　いくよっ！」

放課後《ほうかご》の屋上《おくじょう》に、彩乃《あやの》のかけ声《ごえ》がひびいて、ラジカセから曲《きょく》が流《なが》れはじめる。

このとき、あたしたちは、はじめて一曲通《きょくとお》しておどった。

もちろん完璧《かんぺき》にはほど遠《とお》いし、動《うご》きがずれたりおくれたりしたところも、まちがえたところもたくさんある。ラインダンスなんて、足《あし》はぜんぜん上《あ》がっていないし、姿勢《しせい》だってとちゅうでぶれまくっていた。

だけど、はじめて、一度《いちど》もとちゅうで止《と》まらずに、最後《さいご》までおどりきることができた。

「できたね！　おどれたよ、みんな！」

曲《きょく》が終《お》わった瞬間《しゅんかん》、彩乃《あやの》がうれしそうに笑顔《えがお》でそう言《い》った。あたしたちは全員《ぜんいん》、息《いき》を切《き》らしながら、屋上《おくじょう》にたおれこむ。

「……二分《ふん》って、こんなに……長《なが》いんや……」

たった二分《ふん》。カップラーメンもできないくらいのみじかい時間《じかん》。そう思《おも》っていたのに、おどっている二分間《ふんかん》は、とても長《なが》くてハードな時間《じかん》だった。

そして、その二分間《ふんかん》は、とても楽《たの》しい時間《じかん》だった。

おどりきったあと、みんなといっしょに汗《あせ》だくでたおれこんだあたしの目《め》に、澄《す》みわたる空《そら》がうつった。

日《ひ》が暮《く》れはじめている夏空《なつぞら》を走《はし》る、一線《せん》の飛行《ひこう》機雲《きぐも》。

……やっと、あたしたち、おどりきったんだ。

一曲通《きょくとお》して、最初《さいしょ》から最後《さいご》まで。

自然《しぜん》と笑《え》みがこぼれる。気《き》づいたら、みんなも笑《わら》っていた。

おどりきって満足《まんぞく》した笑《わら》いなのか、へたくそな自分《じぶん》たちへの苦笑《にがわら》いなのか、なんの笑《わら》いなのかはよくわからない。だけど、あたしたちは、みんな、笑顔《えがお》になっていた。

ふと横《よこ》を見《み》ると、同《おな》じようにたおれこんでいた彩乃《あやの》と目《め》が合《あ》った。

「……おどれたよ、彩乃《あやの》」

あたしがそう言《い》って笑顔《えがお》を見《み》せると、彩乃《あやの》もとびきりの笑顔《えがお》でこたえる。

「うん。おどれたね、ひかり。最後《さいご》まで」

いつのまにか、彩乃《あやの》はあたしを「ひかりちゃん」じゃなくて「ひかり」と呼《よ》ぶようになっていた。

あたしは、ばたんとたおれこむように彩乃《あやの》におおいかぶさって、そのまま彩乃《あやの》とじゃれあう。

「のぉ、彩乃《あやの》。チアダンスって、楽《たの》しいね」

「でしょ?」

「うん。……ちょっと、つかれるけど」

「ふふっ、そうだね。そうかもね。あはは!」

屋上《おくじょう》にひびく笑《わら》い声《ごえ》。あたしたちは、屋上《おくじょう》に寝《ね》ころがって、しばらく笑《わら》いつづけた。

そんなあたしたちを、屋上《おくじょう》のすみに立《た》った早乙女先生《さおとめせんせい》が、なにも言《い》わずに見《み》つめていた。

5 孝《こう》介《すけ》、部《ぶ》活《かつ》やめるってよ!?

屋上《おくじょう》で一曲《きょく》通《とお》しておどったのをきっかけに、チアダンス部《ぶ》のメンバーはぐっとなかよくなった。

最近《さいきん》は、昼休《ひるやす》みになると、ベンチのある中庭《なかにわ》にあつまって、みんなでいっしょにお弁当《べんとう》を食《た》べている。

あたしは、からあげをかじりながら、彩乃《あやの》の持《も》っている透明《とうめい》な水筒《すいとう》に目《め》を向《む》けた。なかに入《はい》っているのは、オレンジ色《いろ》のどろっとした液体《えきたい》。

「のう、前《まえ》から気《き》になってたんやけど、彩乃《あやの》がよく飲《の》んでる、それ、なに？」

「フルーツとか野菜《やさい》とかのスムージー。朝《あさ》、家《いえ》で作《つく》って、水筒《すいとう》に入《い》れてくるの」

「……それ、おいしい？　ようするに、青汁《あおじる》みたいなもんやろ？」

「んー。まずくはないけど、健康《けんこう》のために飲《の》んでる感《かん》じ？」

ははぁ。彩乃《あやの》のスタイルと美容《びよう》のひけつはそれか。

あたしは食《た》べかけのからあげを持《も》ちあげて、しみじみと言《い》う。

「あたしは、こうやってからあげばっか食《た》べてるから太《ふと》るんやのぅ」

「ひかり、べつにぜんぜん太《ふと》ってないじゃない」

「彩乃《あやの》みたいなスタイル抜群《ばつぐん》な子《こ》にはわからんのやって」

「でも、言《い》われてみれば、ひかりのお弁当《べんとう》は、からあげ率高《りつたか》い気《き》がするのぅ」

パンをかじりながらそう言《い》う多恵子《たえこ》に、あたしは「一個《こ》あげるわ」と、お弁当箱《べんとうばこ》をさしだす。

そうやって、わいわいみんなでもり上《あ》がっていたとき、ふと、中庭《なかにわ》を通《とお》りかかった、同《おな》じクラスの男子《だんし》の会話《かいわ》が耳《みみ》に入《はい》った。

「しかし、まさか山下《やました》がサッカー部《ぶ》やめるって言《い》いだすとはな」

「ほやな。やっぱり気《き》にしてるんかな、こないだのＰＫ《ピーケー》」

……ん？　山下《やました》って、孝介《こうすけ》のこと？　孝介《こうすけ》が、サッカー部《ぶ》を、やめる……？

「はぁ!?　うそやろ!?」

あたしが思《おも》わずさけぶと、となりにすわっていたあゆみが顔《かお》をしかめる。

「ちょ、ひかり、声大《こえおお》きいって……」

「だって……。ちょっと、そこの男子《だんし》！　待《ま》って！　その話《はなし》、もっとくわしく！」

あたしは食《た》べかけのお弁当《べんとう》も放《ほう》りだして、通《とお》りかかった男子《だんし》たちを問《と》いつめた。

「孝介《こうすけ》がサッカー部《ぶ》やめるって、どういうことやし!?」

「な、なんだよ、急《きゅう》に……」

「いいから！　なんでそんなこと言《い》いだしたんや？」

「いや、少《すこ》し前《まえ》にあった大事《だいじ》な試合《しあい》で、あいつがPK《ピーケー》はずして負《ま》けたんだよ。だれもあいつを責《せ》めたりしてないんだけど、あいつ、責任感《せきにんかん》じて、ショックから立《た》ち直《なお》れてないみたいで」

……なるほど。ありそうな話《はなし》だ。

あれでいて、孝介《こうすけ》は意外《いがい》とうたれ弱《よわ》いところがある。ふだんの孝介《こうすけ》はへらへらしているお調子《ちょうし》者《もの》だし、みんなは気《き》づいていないだろうけど、あたしは知《し》っている。中学《ちゅうがく》のころから、ずっと孝《こう》介《すけ》のことを見《み》てきたから。

「っていうか、友永《ともなが》って、山下《やました》とどういう関係《かんけい》なわけ？」

「えっ!?　それはその……、べつに、ただの知《し》りあいやけど」

……どうせ、つきあってはなかったし。

その日《ひ》の放課後《ほうかご》、ちょうど、校門《こうもん》を出《で》ていく孝介《こうすけ》の姿《すがた》を見《み》かけた。

いつもなら、目《め》をキラキラさせてサッカー部《ぶ》に向《む》かっているはずの孝介《こうすけ》が、今日《きょう》はやけにどんよりした雰囲気《ふんいき》で、うつむきがちに歩《ある》いている。

「孝介《こうすけ》っ」

わざと明《あか》るく声《こえ》をかけると、孝介《こうすけ》は、いたずらを見《み》つかった子《こ》どもみたいな顔《かお》になった。なんだか、居心地《いごこち》が悪《わる》そうにあたしから目《め》をそらした。

「……おう、ひかり。これから部活《ぶかつ》か」

「うん。孝介《こうすけ》は今《いま》から帰《かえ》り？　部活《ぶかつ》は？」

「……あぁ、それはもういいんだ」

「もういいって？」

「よく考《かんが》えたら、サッカーなんてそんなに好《す》きじゃなかったし。それより、のぅ、ひかり、どっか遊《あそ》び行《い》こっさ」

孝介《こうすけ》は笑《わら》いながらそう言《い》った。

だけど、その笑顔《えがお》はぜんぜんダメだった。なんていうか、目《め》が死《し》んでる。まるで、いつかのあ

たしみたい。

孝介《こうすけ》、なにかあったの？　あたしでよければ、話《はなし》、聞《き》くよ。

そうやってはげましの言葉《ことば》をかけるのは、きっとかんたんだ。そのほうが、やさしい女《おんな》の子《こ》って感《かん》じがして好感度《こうかんど》も上《あ》がりそうだし、孝介《こうすけ》だってよろこぶだろう。

でもあたしは、力《ちから》なく笑《わら》っている孝介《こうすけ》を、わざとつきはなした。

「……なんで？　あたしら、つきあってたっけ？」

その言葉《ことば》を聞《き》いた孝介《こうすけ》が、目《め》を丸《まる》くしてあたしを見《み》る。孝介《こうすけ》の顔《かお》を見《み》ていたら、ほんの少《すこ》し胸《むね》が痛《いた》んだけど、あたしは決《けっ》して目《め》をそらさなかった。

しばらくおどろいたような、傷《きず》ついたような顔《かお》をしていた孝介《こうすけ》は、やがて、無言《むごん》のまま、あたしに背中《せなか》を向《む》けて歩《ある》きだした。
とぼとぼと歩《ある》く、さみしそうな孝介《こうすけ》の背中《せなか》。でも、あたしは孝介《こうすけ》を追《お》いかけなかった。
「……がんばれ」
孝介《こうすけ》の背中《せなか》に向《む》かって、人《ひと》には聞《き》こえないくらいの小声《こごえ》でつぶやいた。
そして、心《こころ》のなかで何度《なんど》もさけんだ。
負《ま》けるな。がんばれ。がんばれ。がんばれ！
あたしも、がんばるから。がんばる孝介《こうすけ》を応援《おうえん》するために、がんばるから。
ぎゅっと、こぶしをにぎりしめたあたしは、孝介《こうすけ》とは逆《ぎゃく》の方向《ほうこう》に走《はし》りだした。

6 バラバラの福井大会《ふくいたいかい》

「ねえ、ちょっと。なんでそれくらいしか足上《あしあ》がらんのやって？」

昼下《ひるさ》がりの部室《ぶしつ》に、麗華《れいか》の不機嫌《ふきげん》な声《こえ》がひびく。あたしは、練習《れんしゅう》を中断《ちゅうだん》して、「やれやれ、またか」と麗華《れいか》のほうを見《み》た。

屋上《おくじょう》で一曲通《きょくとお》しておどったあの日《ひ》から、チアダンス部《ぶ》は、通常《つうじょう》の練習《れんしゅう》メニューにもどった。そして、やっとあたしたち初心者組《しょしんしゃぐみ》も、基礎練習《きそれんしゅう》のあとは、ダンスの練習《れんしゅう》に参加《さんか》できるようになった。

とはいえ、いきなり足《あし》が百八十度《ど》ひらくようになったりはしないわけで……。あいかわらず、あたしたちは、早乙女先生《さおとめせんせい》と、気《き》の強《つよ》い麗華《れいか》にしかられてばっかり。

とくに今日《きょう》は、福井大会前《ふくいたいかいまえ》の、最後《さいご》の日曜日《にちようび》。麗華《れいか》はいつも以上《いじょう》にピリピリしていた。

「多恵子《たえこ》、あゆみ！　さっきから、何回《なんかい》、同《おな》じとこで振《ふ》り付《つ》けまちがえてるんやし。ここの振《ふ》り付《つ》けは、こう、右手《みぎて》と左手《ひだりて》を順番《じゅんばん》に動《うご》かして……、ステップをふんで、決《き》めポーズ。ほら、かんたんやろ？　なんでこんなことができんのやし」

「ごめんなさい……、頭《あたま》ではわかってるんやけど」

「緊張《きんちょう》してもて……」

「練習《れんしゅう》で緊張《きんちょう》してどうするんやし」

麗華《れいか》がバカにするように鼻《はな》で笑《わら》うと、あゆみがあたふたしはじめて、多恵子《たえこ》が一瞬《いっしゅん》で泣《な》きそうな顔《かお》になる。

「まったく。あゆみはいっつもぼけーっとしててなんも考《かんが》えてないし、多恵子《たえこ》はこまったら泣《な》けばいいと思《おも》ってるし、あんたらがそんなんやから――」

「麗華《れいか》、ストップ！」

多恵子《たえこ》が泣《な》きだす前《まえ》に、彩乃《あやの》があわてて止《と》めに入《はい》った。

「そういう言《い》い方《かた》はやめよう……？　ね？」

「彩乃《あやの》はあますぎるんやって。そんなんやから、いつまでたっても、この子《こ》らのレベルが上《あ》がらんのやし」

ダメだ。麗華《れいか》のせいで、あゆみと多恵子《たえこ》だけじゃなくて、ほかの部員《ぶいん》のテンションも下《さ》がっている。チアダンス部全体《ぶぜんたい》にどんよりした空気《くうき》がただよって、彩乃《あやの》もすっかりこまり顔《がお》。

うーん……。どうしよう。このままじゃ、練習《れんしゅう》どころじゃないって。

「あ、そうだ！」

あたしは手《て》をあげて、「はい、提案《ていあん》！」とできるだけ明《あか》るい声《こえ》で言《い》った。そして、あゆみと多《た》恵子《えこ》に笑顔《えがお》を向《む》ける。

「緊張《きんちょう》してまうならさ、いつも同《おな》じ動作《どうさ》してからおどりだせばいいんじゃない？」

「同《おな》じ動作《どうさ》って？」

「たとえばー……、髪《かみ》の毛《け》さわるとか、ほっぺたふくらませるとか？　ほら、野球選手《やきゅうせんしゅ》のイチローも、打席《だせき》に入《はい》る前《まえ》、いつも同《おな》じ動作《どうさ》してるが」

あたしはバットを振《ふ》るまねをして、「カキーン！　ホームラーン！」とおどけてみせる。

なんとなくの思《おも》いつきで言《い》ってみたけど、意外《いがい》と悪《わる》くないアイデアかもしれない。

前《まえ》にテレビで見《み》たことがある。スポーツ選手《せんしゅ》のなかには、こういう同《おな》じ動作《どうさ》、ルーティーンを取《と》り入《い》れることで、精神《せいしん》を落《お》ちつかせる人《ひと》も多《おお》いらしい。本番《ほんばん》でいつもどおりの力《ちから》を発揮《はっき》するための、おまじないみたいなものだ。

「ね！　だから、あゆみは、おどる前《まえ》に髪《かみ》の毛《け》をさわる。多《た》恵子《えこ》は、おどる前《まえ》にほっぺたをふくらませる。それでもう一回《かい》、やってみよっさ！」

「う、うん！」

「わかった、やってみる！」

さっそく、あゆみは髪《かみ》の毛《け》をさわって、多恵子《たえこ》はほっぺたをふくらませる。二人《ふたり》はその状態《じょうたい》で、あたしのほうを向《む》いた。

うん、オッケー、そういうこと。……まぁ、見《み》た目《め》はちょっとかっこわるいけど。

「……そんなんで、かわるわけないやろ」

麗華《れいか》はそう言《い》ってバカにしていたけど、効果《こうか》はすぐにあらわれた。

この決《き》まった動作《どうさ》をしたあとでもう一度《いちど》おどってみたら、今度《こんど》は二人《ふたり》とも、さっきまちがえたところをまちがえずにおどれたのだ。麗華《れいか》もおどろいた顔《かお》をしている。

ほーら、やっぱり。ルーティーン効果《こうか》、すごいっしょ。

うまくおどれたあゆみと多恵子《たえこ》が、おどりながらあたしに笑顔《えがお》を向《む》ける。あたしも二人《ふたり》に笑《わら》いかける。

ふふん。これでもう麗華《れいか》に嫌《いや》みを言《い》われなくても——と思《おも》ったら、今度《こんど》はあたしが振《ふ》り付《つ》けをまちがえた。右手《みぎて》と左手《ひだりて》が、一人《ひとり》だけ逆《ぎゃく》だ。

「ストップストップ！　ちょっと、なんなんや？」

さっきまでえらそうなことを言《い》っていたあたしが、初歩的《しょほてき》なミスをしたことで、麗華《れいか》はカンカンに怒《おこ》っている。あゆみや多恵子《たえこ》に文句《もんく》を言《い》っていたときよりも、さらに機嫌《きげん》が悪《わる》い。

「他人《たにん》にえらそうにアドバイスしといて、今度《こんど》はあんたかし！」

「ごめんごめん、うっかり……。でも、まぁ、あたしらやって、前《まえ》よりはだいぶうまくなったわけやし……」

「はぁ？　ちょっと一回通《かいとお》しておどれたからって、なんかかんちがいしてない？　もとがひどかったただけで、べつにたいしてうまくなったわけじゃないで」

「う……それは、まぁ……」

たしかに麗華《れいか》の言《い》うとおりだけど、もうちょっと、言《い》い方《かた》っていうかさぁ……。

「あんたらの実力《じつりょく》なんて、福井《ふくい》でも下《げ》の下《げ》やよ」

麗華《れいか》の言葉《ことば》に、みんながこまり顔《がお》で動《うご》きを止《と》める。これで、また練習《れんしゅう》は中断《ちゅうだん》。

でも、静《しず》まりかえった部室《ぶしつ》でも、一人《ひとり》だけおどるのをやめなかった人《ひと》がいた。

唯《ゆい》だ。唯《ゆい》だけは、ダンス用《よう》の大《おお》きな鏡《かがみ》を見《み》ながら、一人《ひとり》でおどりつづけている。

それを見《み》た麗華《れいか》は、ますます不機嫌《ふきげん》になって、ターゲットを、あたしから唯《ゆい》にかえた。

麗華《れいか》はじろりと唯《ゆい》をにらみつけて、イライラしたような声《こえ》で言《い》う。

「ちょっと、唯《ゆい》。聞《き》いてるんか？　いつも一人《ひとり》でかっこつけて、人《ひと》を見下《みくだ》したような顔《かお》して」

「……」

「たしかに、ヒップホップは、あんたがいちばんうまいかもしれんけど、チアダンスで大事《だいじ》なのは、笑顔《えがお》。ほら、笑《わら》ってみ？　えーがーお」

麗華《れいか》は、わざと唯《ゆい》を怒《おこ》らせるような言《い》い方《かた》をした。だけど、唯《ゆい》はなにもこたえない。だまったまま、一人《ひとり》でおどりつづける唯《ゆい》に、麗華《れいか》はあきれたようにため息《いき》をついた。

「……あんたの笑顔《えがお》は、一回《かい》も見《み》たことないわ」

唯《ゆい》はやっぱりなにもこたえなかったけど、そこでやっと動《うご》きを止《と》めた。そして、キッと目《め》をつりあげて麗華《れいか》をにらみつける。麗華《れいか》はそれを見《み》て、ふんと鼻《はな》を鳴《な》らした。

「笑顔《えがお》はできんくせに、そういう顔《かお》はできるんやの。あんたなんか――」

「二人《ふたり》とも、やめようよ、ケンカは……！」

彩乃《あやの》がやんわりと二人《ふたり》のあいだに入《はい》ると、唯《ゆい》は、なにも言《い》わずに、すたすたと早足《はやあし》で部室《ぶしつ》を出《で》ていった。

たしかに、唯《ゆい》はあんまり感情《かんじょう》を表《おもて》に出《だ》さないし、麗華《れいか》が言《い》ったとおり、笑《わら》っているのもほとんど見《み》たことがない。だけど、前《まえ》にあたしたちにヒップホップを教《おし》えてくれたこともあるし、決《けっ》して麗華《れいか》が言《い》うように、みんなを見下《みくだ》しているわけじゃないと思《おも》う。

それに、部室《ぶしつ》を去《さ》っていく唯《ゆい》の背中《せなか》は、なんだかとても悲《かな》しそうに見《み》えた。

「……あたし、唯《ゆい》と話《はな》してくる」

彩乃《あやの》にそう言《い》って、あたしは唯《ゆい》のあとを追《お》いかけた。

唯《ゆい》は、部室《ぶしつ》のすぐ近《ちか》くの水飲《みずの》み場《ば》にいた。顔《かお》を洗《あら》ったあと、鏡《かがみ》をじっと見《み》つめて、そのまま立《た》ちどまっている。

すぐに声《こえ》をかけようとして、ふと気《き》づいた。

よく見《み》ると、唯《ゆい》は鏡《かがみ》に向《む》かって、ほおを持《も》ちあげたり、小首《こくび》をかしげたりして、百面相《ひゃくめんそう》している。

……あれ？　もしかして、笑顔《えがお》の練習《れんしゅう》してる？

鏡《かがみ》のなかの唯《ゆい》は、笑《わら》っているというよりは、こまっているような、泣《な》きそうな顔《かお》をしていた。

そして唯《ゆい》は、鏡《かがみ》にうつった自分《じぶん》の顔《かお》を、いらだったように、こつんとこづいた。

あぁ、そうか。唯《ゆい》は笑《わら》わないんじゃなくて、笑《わら》い方《かた》がわからなかっただけなんだ。さっき麗華《れいか》のことをにらんでいたのだって、怒《おこ》っていたというよりは、どうしていいかわからなくて、こまっていただけなのかもしれない。

「のぅ、唯《ゆい》。さっき麗華《れいか》が言《い》ってた、笑顔《えがお》のことなんやけどさ」

突然声《とつぜんこえ》をかけられて、少《すこ》しおどろいた顔《かお》をしている唯《ゆい》。あたしは、そんな唯《ゆい》にほほえみかけて、ゆっくりと言《い》った。

「だれか、特定《とくてい》の人《ひと》を応援《おうえん》する気持《きも》ちでおどったら、うまく作《つく》れるんじゃないかなぁ。笑顔《えがお》」

あたしが、孝介《こうすけ》のことを考《かんが》えるときみたいに。

「……だれか、を？」

「そう。だれか、大事《だいじ》な人《ひと》を」

あたしがそう言《い》って笑顔《えがお》を向《む》けると、唯《ゆい》もつられたように、少《すこ》しだけ笑《わら》った。

「さ、笑顔《えがお》の練習《れんしゅう》、再開《さいかい》！　ほら、唯《ゆい》も鏡《かがみ》見《み》て笑《わら》って！」

そして、今度《こんど》は二人《ふたり》で、鏡《かがみ》に向《む》かって、笑顔《えがお》の練習《れんしゅう》をした。

まだ唯《ゆい》の笑顔《えがお》は少《すこ》しぎこちなかったけど、さっきよりはよくなった……ような気《き》がする。

うん。きっと、だいじょうぶ。

唯《ゆい》の、ちょっと不器用《ぶきよう》な、でもすてきな笑顔《えがお》を見《み》ていて、なんとなく、そう思《おも》った。

あたしたちは、今《いま》よりもっといい笑顔《えがお》を作《つく》れる

ようになるし、ダンスだってうまくなる。

「福井大会《ふくいたいかい》、がんばろっさ。あたしらなら、できる」

そう言《い》うと、唯《ゆい》は小《ちい》さくほほえんでうなずいた。それは、今日《きょう》いちばんの唯《ゆい》の笑顔《えがお》だった。

★ ♪ ★ ♬

それから福井大会《ふくいたいかい》までのあいだ、あたしたちはさらにがんばって練習《れんしゅう》にはげんだ。早乙女先生《さおとめせんせい》に何度《なんど》も怒鳴《どな》られ、麗華《れいか》に嫌《いや》みを言《い》われ、時《とき》に心《こころ》が折《お》れそうになりながらも、あたしたちは一歩《いっぽ》ずつ成長《せいちょう》していった。

そしてむかえた九月《がつ》。秋《あき》らしい澄《す》んだ晴《は》れ空《ぞら》の下《した》、ついに福井大会《ふくいたいかい》の日《ひ》がやってきた。

といっても、出場《しゅつじょう》しているのは、あたしたちを入《い》れて四校《こう》だけ。会場《かいじょう》も小規模《しょうきぼ》だし、そんなに緊張《きんちょう》しないだろう……と、思《おも》っていた。今日《きょう》までは。

実際《じっさい》、大会《たいかい》の一週間《しゅうかん》ほど前《まえ》に、先生《せんせい》に大会用《たいかいよう》のユニフォームを見《み》せられたときは、みんなこれでもかってくらいのハイテンションになって、舞台《ぶたい》の上《うえ》でおどれるのが楽《たの》しみでしかたなかった。

あたしたちのユニフォームは、上《うえ》が白《しろ》、下《した》が水色《みずいろ》のシンプルなデザインで、胸元《むなもと》に大《おお》きく「ＦＵＫＵＩ《フクイ》」の文字《もじ》。黄色《きいろ》いポンポンとの組《く》みあわせも、すごくかわいい！

「かーわーいーいー！　あたし、これ着《き》るためにチアダンス部《ぶ》入《はい》ったようなもんやし！」

「これ、きっと他《ほか》の学校《がっこう》のユニフォームよりかわいいって！」

「大会《たいかい》の日《ひ》、見《み》くらべるのが楽《たの》しみやの！」

あの日《ひ》のあたしたちは、新品《しんぴん》のユニフォームにすっかり浮《う》かれて、大会前《たいかいまえ》の緊張感《きんちょうかん》ゼロだった。

だけど、こうしていざ大会当日《たいかいとうじつ》になってみると、ユニフォームのことを考《かんが》えているよゆうなんて、どこにもない。

福井総合《ふくいそうごう》ホールの舞台袖《ぶたいそで》、出番《でばん》をつぎにひかえたあたしたちは、さっきから、深呼吸《しんこきゅう》ばかりしている。

「あー、緊張《きんちょう》するー！」

あゆみは髪《かみ》の毛《け》をさわって、多恵子《たえこ》はほっぺたをふくらませる。緊張《きんちょう》をほぐすためのルーティーンのおまじない……だけど、ちょっと今《いま》は力《ちから》およばずみたいだ。二人《ふたり》とも、さっきからずっとそわそわしている。

いや、二人《ふたり》だけじゃない。なんせはじめての大会《たいかい》。しかも、人前《ひとまえ》でおどるの自体《じたい》、はじめてのメンバーだらけ。みんな、ガチガチに緊張《きんちょう》している。もちろん、あたしも。

「つぎは、県立福井中央高校《けんりつふくいちゅうおうこうこう》です」

たんたんとしたアナウンスの声《こえ》がして、さらに緊張感《きんちょうかん》が高《たか》まる。

「みんな、リラックス、リラックス！　練習《れんしゅう》どおりにやればいいんだよ！」

「って言《い》ってる彩乃《あやの》の声《こえ》も、ちょっとうわずってない……？」

「き、気《き》のせいだよ！　だいじょうぶ！」

彩乃《あやの》は緊張《きんちょう》をふりきるように、きりっとした顔《かお》で「いくよ！」とみんなに声《こえ》をかけて、舞台《ぶたい》へとびだしていった。

「えっ？　ちょっ……、かけ声《ごえ》は!?」

なんか、みんなで円陣《えんじん》くんで「えいえいおー」的《てき》なやつ！　舞台《ぶたい》に出《で》る前《まえ》っていったら、ふつう、あれやろ！

でも、あたしがそう言《い》うより前《まえ》に、みんな、彩乃《あやの》につづいて舞台《ぶたい》にとびだしていってしまった。

あたしもあわててそのあとを追《お》いかける。

バタバタしながら、はじめて立《た》った舞台《ぶたい》。

実際《じっさい》に立《た》ってみると、舞台上《ぶたいじょう》は、思《おも》っていたよりも広《ひろ》く感《かん》じた。

ライトの光《ひかり》がまぶしい。客席《きゃくせき》から飛《と》んでくる視線《しせん》がこそばゆい。

これが、舞台《ぶたい》……。

センターは彩乃《あやの》。麗華《れいか》と唯《ゆい》がその近《ちか》くで、あたしはすみっこのポジション。

練習《れんしゅう》どおりにやればいいだけ。頭《あたま》ではわかっているけど、この場所《ばしょ》に立《た》つと、いやでも鼓動《こどう》が高鳴《たかな》る。

落《お》ちつけ、あたし。だいじょうぶ。あれだけ練習《れんしゅう》したんだから。

全員《ぜんいん》が立《た》ち位置《いち》について、すっと動《うご》きを止《と》めると、すぐに音楽《おんがく》が流《なが》れはじめる。

1《ワン》、2《ツー》、3《スリー》、4《フォー》——!

心《こころ》のなかでカウントして、あたしたちはおどりはじめた。

ポンポンを持《も》った両手《りょうて》を、頭《あたま》の上《うえ》でリズミカルに合《あ》わせる。

前半《ぜんはん》は、意外《いがい》と悪《わる》くなかった。練習《れんしゅう》のかいあって、動《うご》きもけっこうそろっているし、大《おお》きなミスもなかった。センターの彩乃《あやの》の見事《みごと》なダンスや、唯《ゆい》のかっこいいヒップホップに、客席《きゃくせき》からも感心《かんしん》したような声《こえ》が聞《き》こえてきた。

あたしも、最初《さいしょ》はただただ緊張《きんちょう》していたけど、おどっているうちに、だんだん楽《たの》しくなってきた。自然《しぜん》と笑《え》みがこぼれる。

なんや、あたしら、けっこうイケてるがし――と、思《おも》ったその瞬間《しゅんかん》だった。

「うわっ!?」

どん、と体《からだ》に衝撃《しょうげき》が走《はし》って、目《め》にうつる世界《せかい》が、ぐらりとかたむいた。

だれかが、あたしにぶつかったらしい。

バランスをくずしたあたしは、その場《ば》に思《おも》いっきりころんでしまった。

あわてて立《た》ち上《あ》がったけど、音楽《おんがく》もダンスも、待《ま》ってなんかくれない。

え、あ、あれ? つぎ、なんやったっけ!? これ、どっから入《はい》れば……!?

一度《いちど》入《はい》るタイミングがわからなくなると、もうダメだ。

あたしだけじゃない。一人《ひとり》が一ヶ所《かしょ》ずれただけで、すべてがバラバラになってくる。

いつのまにか、みんな、舞台上《ぶたいじょう》でおろおろしていた。

なんとか笑顔《えがお》でまたおどりだしたけど、まったくそろっていないし、イージーミスを連発《れんぱつ》。あたしたちが、ドミノ倒《たお》しのようにバタバタとつづけざまに舞台《ぶたい》でころぶと、客席《きゃくせき》からどっと笑《わら》い声《ごえ》が聞《き》こえた。

あぁぁぁ……、なんでこんなことに！

こうして、あたしたちの初舞台《はつぶたい》は、最低《さいてい》の幕切《まくぎ》れとなった。

★ ★ ♪ ★ ★ ★ ♬

「これでわかったでしょう。自分《じぶん》たちの実力《じつりょく》が」

早乙女先生《さおとめせんせい》の不機嫌《ふきげん》な声《こえ》が、控《ひか》え室《しつ》にひびく。

「このままじゃ、アメリカどころか、福井《ふくい》からも抜《ぬ》け出《だ》せないわよ。福井《ふくい》よ、福井《ふくい》。福井地獄《ふくいじごく》よ！　いいの!?」

……福井地獄《ふくいじごく》って。先生《せんせい》は福井《ふくい》になんかうらみでもあるんかし。っていうか、今《いま》さらやけど、優勝《ゆうしょう》した学校《がっこう》の子《こ》ら、べつにおでこ全開《ぜんかい》じゃなかったし。

「これからどうするか、よく考《かんが》えなさい！」

早乙女先生《さおとめせんせい》は、最後《さいご》にそう言《い》いのこして立《た》ち去《さ》っていった。

取《と》りのこされたあたしたちは、だれからともなくため息《いき》をつく。

たしかに、あたしたちのはじめてのパフォーマンスは、大失敗《だいしっぱい》だった。

でも、世《よ》のなか、いきなりそんなにうまくいくはずない。はじめてだったんだし、がんばったんだから、それでいいじゃん。

「なんなんや、あのババア！　はじめてやし、しょうがないやろ。のぅ、みんな！」

暗《くら》くなった空気《くうき》をふりはらうみたいに、あたしは笑顔《えがお》でみんなに呼《よ》びかけた。

でも、かえってきたのは、麗華《れいか》の冷《つめ》たい声《こえ》だけ。

「なんでそんな笑《わら》ってられるんや」

「……えっ？」

麗華《れいか》の言葉《ことば》に、なんだかドキッとした。あたしはワンテンポおくれて、とぼけたような声《こえ》を出《だ》す。

その反応《はんのう》に、麗華《れいか》はますますいらだった顔《かお》で、あたしをにらみつけた。

「もっと反省《はんせい》してや。あんたが足引《あしひ》っぱってるんやろ」

「なっ……、あたしのせいやっていうんか……？　だとしても、そんな言《い》い方《かた》しなくても……」

あたしが言《い》いかけたとき、急《きゅう》に大《おお》きな声《こえ》がひびいた。

「ごめんなさい！」

あやまったのは、怒《おこ》られていたあたしじゃない。

今《いま》にも泣《な》きだしそうな顔《かお》であやまっているのは、多恵子《たえこ》だ。

「わ、わたしが、とちゅうで振《ふ》り付《つ》けまちがえてぶつかったせいです……。みんな、ごめん……」

「そんな……多恵子《たえこ》のせいじゃないって」

あたしが必死《ひっし》に多恵子《たえこ》をなぐさめていると、あゆみも「そやよ！」と笑顔《えがお》で多恵子《たえこ》をはげます。

でも、そうやってなぐさめあうあたしたちを見《み》て、麗華《れいか》はふんっと鼻《はな》で笑《わら》った。

「そうよ。多恵子《たえこ》だけじゃない。あゆみも自分《じぶん》だけ気持《きも》ちよくおどってるしの」

「へっ？　わたし……？」

「そやよ。なんでだれも言《い》ってやらんの。あんなはずかしいおどり」

「ちょっと麗華《れいか》、そんな言《い》い方《かた》……」

あたしが止《と》めに入《はい》ろうとしたとき、唯《ゆい》がすっとみんなの輪《わ》からぬけた。

「……おつかれ」

ため息《いき》まじりに低《ひく》い声《こえ》でそう言《い》って、唯《ゆい》はさっさと立《た》ち去《さ》ろうとする。でもその瞬間《しゅんかん》、あたしのとなりから大《おお》きな声《こえ》がした。

「待《ま》って！」

いらだったようにそうさけんで、唯《ゆい》を引《ひ》きとめたのは――、なんと彩乃《あやの》だった。

「唯《ゆい》、なんであなたはみんなに心《こころ》をひらこうとしないの!?　いつも一人《ひとり》で……、だからいつまでたっても笑顔《えがお》がぎこちないのよ！」

彩乃《あやの》がこんなに感情的《かんじょうてき》になってるの、はじめて見《み》た……。

唯《ゆい》はなにもこたえなかった。ただくちびるをかんで、彩乃《あやの》をにらみつけている。まさか、彩乃《あやの》が唯《ゆい》にこんな言《い》い方《かた》をするなんて、あたしも思《おも》っていなかった。

そして彩乃《あやの》は、だまったままの唯《ゆい》から目《め》をそらして、今度《こんど》は麗華《れいか》に向《む》きなおった。

「麗華《れいか》だって、そう」

「わたし？　わたしがなにしたっていうんやし」

「あなたは、おどりがうまいからって、みんなをいつも見下《みくだ》してる。だからいつまでたっても、チームが一つになれない！」

ここまで怒《おこ》っている彩乃《あやの》を見《み》るのは、チアダンス部《ぶ》に入《はい》ってはじめてのことだった。いつもはやさしくみんなを引《ひ》っぱってくれる彩乃《あやの》の、見《み》たことのない顔《かお》。

あたしだけじゃなくて、みんなもおどろいてだまりこんでいる。

「……いいわ。もう、やってられん」

重《おも》たい沈黙《ちんもく》のなか、麗華《れいか》がらんぼうにバッグを肩《かた》にかけて、ぽつりとつぶやいた。

「やめるで、わたし。あんたらにはこれ以上《いじょう》つきあってられん」

麗華《れいか》はそう言《い》いのこして、さっさと立《た》ち去《さ》っていった。唯《ゆい》もだまったまま、麗華《れいか》につづいて出《で》ていく。取《と》りのこされた部員《ぶいん》たちも、ため息《いき》まじりに、みんな続々《ぞくぞく》と散《ち》っていく。

「ちょ、ちょっと……、みんな……」

この状況《じょうきょう》じゃあ、引《ひ》きとめることもできない。

彩乃《あやの》はくちびるをかんでうつむき、あゆみがこまり顔《がお》になり、多恵子《たえこ》がまた「わたしのせいや！」とさけんで、わっと泣《な》きだす。

……あぁ、もうダメだ。今日《きょう》のダンスだけじゃない。みんなの心《こころ》も、もうバラバラだ。

チアダンス部《ぶ》、全米大会《ぜんべいたいかい》への挑戦《ちょうせん》、これにて、完《かん》。

そんな文字《もじ》が、あたしの頭《あたま》をふっとよぎった。

7 イケてるとか、イケてないとか

「……みんな、来《こ》んのぅ」

部室《ぶしつ》の窓《まど》から夕日《ゆうひ》をながめて、マイペースなあゆみが、のんびりした声《こえ》で言《い》う。今《いま》、部室《ぶしつ》にいるのは、あたしと彩乃《あやの》とあゆみの三人《にん》だけだ。

あの悪夢《あくむ》の福井大会《ふくいたいかい》のあと、麗華《れいか》は本当《ほんとう》に部活《ぶかつ》をやめてしまった。麗華《れいか》だけじゃない。退部届《たいぶとどけ》は出《だ》していないけど、唯《ゆい》と多恵子《たえこ》も、部活《ぶかつ》に来《こ》なくなった。どんどんほかの部員《ぶいん》たちのやる気《き》もなくなっていって、今日《きょう》はついに三人《にん》。しかも今日《きょう》は、早乙女先生《さおとめせんせい》までいない。

がらんとした部室《ぶしつ》のすみっこで、あたしは深《ふか》くため息《いき》をついた。

せっかく、チアダンス部《ぶ》のみんなともなかよくなって、部活《ぶかつ》が楽《たの》しくなってきたところだったのに。

「のぅ、彩乃《あやの》。唯《ゆい》と多恵子《たえこ》も、このままやめるつもりなんかの」

「わかんない……。でも、もしそうだとしたら、わたしのせいだ……」

「いや、彩乃《あやの》のせいじゃないって」

とりあえず、あゆみに部室《ぶしつ》で留守番《るすばん》してもらって、あたしと彩乃《あやの》は、早乙女先生《さおとめせんせい》を呼《よ》びに、職員室《しょくいんしつ》へ向《む》かうことにした。

「まったく。こういうときのための顧問《こもん》やろ。こんなときになにやってるんや、あのババアは」

「……先生《せんせい》もいそがしいんだよ」

そんな会話《かいわ》をしながら、校長室《こうちょうしつ》の前《まえ》を通《とお》りかかったときだった。

「あの子《こ》たちに、大《おお》きな目標《もくひょう》をあたえてやりたいんです！」

校長室《こうちょうしつ》のなかから、大《おお》きな声《こえ》が聞《き》こえてきて、あたしと彩乃《あやの》は思《おも》わず足《あし》を止《と》めた。

……この声《こえ》、もしかして、早乙女先生《さおとめせんせい》？

あの子《こ》たちって、もしかして、あたしらのこと？

あたしと彩乃《あやの》は、顔《かお》を見《み》あわせてうなずきあって、二人《ふたり》で校長室《こうちょうしつ》のドアに、そっと耳《みみ》をおしあてる。

校長室《こうちょうしつ》のなかから聞《き》こえてきたのは、あきれたような教頭先生《きょうとうせんせい》と校長先生《こうちょうせんせい》の声《こえ》。

「でもねぇ、アメリカなんて……。全米三位《ぜんべいさんい》になった日本《にほん》の高校生《こうこうせい》のテレビ番組《ばんぐみ》とか見《み》て、影響《えいきょう》されただけじゃないんですか？」

「ともかく、チアダンス部《ぶ》はもとのバトン同好会《どうこうかい》にもどします。アメリカではなく、甲子園《こうしえん》や国《こく》立競技場《りつきょうぎじょう》で応援《おうえん》してください。これは決定事項《けっていじこう》ですから」

え？ それって、チアダンス部《ぶ》がつぶれるってこと？ マジで？

校長先生《こうちょうせんせい》が決定事項《けっていじこう》って言《い》ってるってことは、本当《ほんとう》にヤバいんじゃ……？

ちらりと彩乃《あやの》のほうを見《み》ると、彩乃《あやの》もひどくショックを受《う》けたようすで、その場《ば》に立《た》ちつくしていた。

★ ★ ♪ ★ ★ ★ ♬

あれからしばらく考《かんが》えた結果《けっか》、あたしのなかで一つのこたえが出《で》た。

チアダンス部《ぶ》は、もうダメだ。

みんなも来《こ》なくなったし、教頭先生《きょうとうせんせい》と校長先生《こうちょうせんせい》もああ言《い》ってたし、彩乃《あやの》もあれから心《こころ》ここにあらず。部員《ぶいん》の気持《きも》ちだって、もうバラバラ。アメリカどころか、そもそも部《ぶ》が存続《そんぞく》するかだってあやしい。

あんな状態《じょうたい》じゃあ、あたしだって、もうやってられない。

そういうわけで、その日《ひ》の夜《よる》、あたしはひさしぶりに丈《たけ》のみじかいスカートをはいて、爪《つめ》にはギラギラしたネイルシールを貼《は》って、友《とも》だちの真美《まみ》と由美《ゆみ》といっしょに、繁華街《はんかがい》へくり出《だ》した。

もちろん、今日《きょう》は前髪《まえがみ》だっておろしている。オシャレにキメて、女子力全開《じょしりょくぜんかい》。

目的地《もくてきち》は、カラオケボックス。手《て》っ取《と》り早《ばや》くストレス発散《はっさん》するには、全力《ぜんりょく》で歌《うた》うのがいちばんだ。

「あー！　カラオケなんて、ひさしぶりや！　テンション上《あ》がるぅ！」

あたしはかためのソファーにいきおいよくすわって、部屋《へや》のすみにあったマラカスを意味《いみ》もなく振《ふ》りまくった。最近《さいきん》、チアダンス部《ぶ》の練習《れんしゅう》ばっかりで、ぜんぜん遊《あそ》んでなかったし、やっと本《ほん》当《とう》の自分《じぶん》にもどった気分《きぶん》。

これからは、真美《まみ》や由美《ゆみ》とも遊《あそ》びまくって、前髪《まえがみ》もオシャレも恋愛《れんあい》も解禁《かいきん》で、女子高生《じょしこうせい》ライフを満喫《まんきつ》してやる！

由美《ゆみ》が熱唱《ねっしょう》しているのを横目《よこめ》に見《み》ながら、あたしもつぎの曲《きょく》を選《えら》びはじめる。

さぁ、なにを歌《うた》おう。やっぱり、ここは女子力全開《じょしりょくぜんかい》の、ポップでキュートな曲《きょく》を……なんて思《おも》っていたら、となりで生《なま》クリームたっぷりのハニートーストを食《た》べていた真美《まみ》が、ぼそっとつぶやいた。

「でも、まぁ、ひかりもよかったが」

「え、あたし？　よかったって、なにが？」

味《あじ》のうすいオレンジジュースをすすって、あたしは首《くび》をかしげる。

「いや、ひかりもチアダンス部《ぶ》やめられそうで」

「え……？」

「いや、だって、アメリカめざすってだけで笑《わら》われてたのに、福井《ふくい》でも勝《か》てんのやで。四校《こう》しか出《で》てないのに。学校《がっこう》じゅうの笑《わら》いもんやったが」

真美《まみ》はさらっとそう言《い》ったけど、あたしは思《おも》わずかたまった。

「……笑《わら》われてた？　あたしらが？　学校《がっこう》で？」

「え？　知《し》らんかった？　みんなに笑《わら》われまくってたの」

そう言《い》われたとき、思《おも》わず曲《きょく》を選《えら》んでいた手《て》がぶれて、送信《そうしん》ボタンにふれていた。

……しまった。とくに歌《うた》うつもりのなかった曲《きょく》を入《い》れてしまった。

そこで、自分《じぶん》の曲《きょく》を歌《うた》いおわった由美《ゆみ》も、話《はなし》に入《はい》ってきた。

「っていうか、チアダンス部《ぶ》って、いつ見《み》ても早乙女《さおとめ》先生《せんせい》に怒鳴《どな》られてるだけやし、イケてないよの」

「そやそや、イケてない。ぜんぜんイケてない。あ、つぎ、ひかりの曲《きょく》やろ。はい、マイク」

わたされたマイクを受《う》けとって、あたしは思《おも》わずうつむいた。

たしかに、アメリカをめざすなんて、あたし自身《じしん》も最初《さいしょ》は鼻《はな》で笑《わら》っていたような夢《ゆめ》だ。

早乙女《さおとめ》先生《せんせい》にも怒鳴《どな》られてばっかりだし、大会《たいかい》だってあんな結果《けっか》。

そりゃあ、客観的《きゃっかんてき》に見《み》たら、イケてないかもしれない。

だけど。

「イケてるとか、イケてないとか……」

「ひかり？」

「関係《かんけい》ないが！　そんなの！」

マイクを持《も》っていたせいで、キーンと耳《みみ》に痛《いた》い音《おと》がひびいた。

ぽかんと口《くち》を開《あ》ける真美《まみ》と由美《ゆみ》を無視《むし》して、あたしはつづける。

「笑《わら》われたって……、あたしらは、それでも……」

そのとき、あたしの入《い》れた曲《きょく》のイントロがせつなげに流《なが》れはじめた。

――ドブネズミみたいに美《うつく》しくなりたい。写真《しゃしん》には写《うつ》らない美《うつく》しさがあるから。

うす暗《ぐら》い個室《こしつ》のなか、光《ひか》る画面《がめん》にうつしだされた歌詞《かし》。それを見《み》たとき、あたしのなかでなにかがはじけた。

あたしはセリフのつづきを飲《の》みこんで、なかばやけくそ気味《ぎみ》にさけぶ。

「**リンダリンダ！　リンダリンダリンダーァア！**」

「歌《うた》うんかし！」

真美《まみ》と由美《ゆみ》につっこまれながら、あたしは力《ちから》まかせに熱唱《ねっしょう》した。

歌詞《かし》の意味《いみ》はよくわかっていない。でも、とにかく力強《ちからづよ》くて、ちょっと暑《あつ》くるしいくらいに、まっすぐな歌《うた》。ちょうど、今《いま》のあたしの、もやもやした気持《きも》ちを、そのままぶつけてるみたいに。

真美《まみ》と由美《ゆみ》が若干引《じゃっかんひ》いているのも無視《むし》して、あたしは声《こえ》がかれるくらい、大《おお》きな声《こえ》で歌《うた》いつづけた。

★　★　♪　★　★　★　♬

久々《ひさびさ》に思《おも》いっきり歌《うた》ったら、ちょっとふっ切《き》れた。大《おお》きな声《こえ》を出《だ》したら、心《こころ》のなかにたまっていたもやもやも、いっしょに出《で》ていった気《き》がする。よかった、お父《とう》さん似《に》のお気楽《きらく》な性格《せいかく》で。

でも世《よ》のなかには、あたしとはちがって、なんでも深《ふか》く考《かんが》えこんでしまう、まじめな人《ひと》もいる。

しかも、あたしのすぐ近《ちか》くに。

つぎの日《ひ》の休《やす》み時間《じかん》、あたしはとなりのクラスをのぞきにいった。ちょっと予想《よそう》はしていたけど、彩乃《あやの》の席《せき》がぽっかりと空《あ》いている。

やっぱり……。彩乃《あやの》はまじめすぎるくらいまじめだから、チアダンス部《ぶ》がつぶれるかもしれないと知《し》って、ショックで寝《ね》こんでいるのかもしれない。

「……だいじょうぶかな、彩乃《あやの》」

教室《きょうしつ》をのぞきながらそうつぶやいたとき、急《きゅう》に横《よこ》から声《こえ》をかけられた。

「玉置《たまき》だったら休《やす》んでる」

思《おも》わずびくっと顔《かお》を上《あ》げると、いつのまにかそばに立《た》っていたのは、メガネをかけた、背《せ》の高《たか》いさえない男子《だんし》。

え？　今《いま》の、あたしに言《い》った？　っていうか、だれ？

なんか見《み》たことある気《き》がするけど……あぁ、前《まえ》に、彩乃《あやの》に告白《こくはく》してた男子《だんし》だ。名前《なまえ》、なんやっけ……？　そうだ、たしか孝介《こうすけ》が、矢代《やしろ》くんとか言《い》ってたような。

ちなみに少《すこ》し前《まえ》、彼《かれ》が彩乃《あやの》に二度目《どめ》の告白《こくはく》をしているシーンを見《み》かけたけど、まったく同《おな》じ場《ば》所《しょ》で、まったく同《おな》じ時間《じかん》に、まったく同《おな》じ流《なが》れでフラれていた。

「玉置《たまき》、部長《ぶちょう》として、責任感《せきにんかん》じてるんだろうな……」

あたしにそれだけ言《い》いのこして、矢代《やしろ》くんは去《さ》っていった。

……いや、なんか、しみじみ言《い》ってるけど、なんで部外者《ぶがいしゃ》がチアダンス部《ぶ》の事情《じじょう》を……？

っていうか、あんたは彩乃《あやの》の何《なん》やの？

「……ストーカー？」

くわしくはつっこまなかったけど、彩乃《あやの》はこの人《ひと》の告白《こくはく》はことわって正解《せいかい》だったかもしれない。

悪《わる》い人《ひと》ではなさそうだけど、なんかあやしいし。

でも、もしこのまま彩乃《あやの》までぬけるようなことになったら、もう本格的《ほんかくてき》にチアダンス部《ぶ》はおしまいだ。

「……まぁ、しかたないって」

そんなひとりごとが、宙《ちゅう》に浮《う》かんで消《き》える。

いいじゃん。そこまでチアダンスに熱中《ねっちゅう》してたわけじゃないし。

べつにアメリカとか行《い》きたくないし。福井《ふくい》、最高《さいこう》やし。

あたしは彩乃《あやの》みたいに、みんなを引《ひ》っぱっていける人間《にんげん》じゃないんだから。

どうせあたしには、なにもできないんだから。

そう思《おも》ってあきらめようとするのだけど、そのたびに、頭《あたま》のなかにいるもう一人《ひとり》の自分《じぶん》が、問《と》いかけてくる。「本当《ほんとう》に、それでいいの？」って。

同《おな》じことをぐるぐると考《かんが》えながら、校門《こうもん》に向《む》かって歩《ある》いていたら、体育館《たいいくかん》のそばの渡《わた》り廊下《ろうか》で、孝介《こうすけ》のうしろ姿《すがた》を見《み》つけた。

孝介《こうすけ》、ちょうどよかった、どっか遊《あそ》び行《い》かん？　チアダンス部《ぶ》はもうあかん感《かん》じやし、なんかもやもやしてて、遊《あそ》びに行《い》きたい気分《きぶん》やでさ。

そう声《こえ》をかけようとして――、やめた。

孝介《こうすけ》が、近《ちか》くにいたサッカー部《ぶ》の先輩《せんぱい》に向《む》かって、真剣《しんけん》な表情《ひょうじょう》で頭《あたま》を下《さ》げていたから。

「おねがいします！　俺《おれ》からサッカーとったら、なんもないんです！　もう一度《いちど》、サッカーやらせてください！」

孝介《こうすけ》は、先輩《せんぱい》たちに向《む》かって、大《おお》きな声《こえ》で「おねがいします！」とくりかえしながら、何度《なんど》も頭《あたま》を下《さ》げていた。

その姿《すがた》を見《み》たとき、「サッカーなんてそんなに好《す》きじゃなかった」と言《い》っていた孝介《こうすけ》の横顔《よこがお》を思《おも》いだした。

大事《だいじ》なPK《ピーケー》をはずして、孝介《こうすけ》は一度《いちど》サッカーをやめた。傷《きず》ついて、なやんで、自分《じぶん》にうそをついて、サッカーからにげようとしていた。

でも今《いま》、孝介《こうすけ》は、その苦《くる》しさをのりこえて、もどってきた。もう一度《いちど》、大好《だいす》きなサッカーをやるために。

そうだ。あのとき、あたし、孝介《こうすけ》に言《い》った。

がんばれ、って。

じゃあ、あたしは……？　あたしは、今《いま》、がんばってる？

チアダンスは、だれかを応援《おうえん》するものだ。

がんばるだれかのためにがんばるのが、チアダンスだ。

今《いま》のあたしにできる「がんばる」って、なに？

本当《ほんとう》に、これで終《お》わりでいいの？

「……いいわけないが」

つぶやいて、ぎゅっとこぶしをにぎる。

そしてあたしは、全速力《ぜんそくりょく》で走《はし》りだした。冷《つめ》たい風《かぜ》を切《き》って、川沿《かわぞ》いの道《みち》を一気《いっき》にかけぬける。

あたし、みんなといっしょに、もう一度《いちど》、チアダンスがしたい！

8

「できっこないこと、やってやるし!」

とにかく、彩乃《あやの》がいなきゃはじまらない。荷物《にもつ》をおいたら、すぐに彩乃《あやの》の家《いえ》に行《い》くつもりで、あたしは走《はし》って家《いえ》に帰《かえ》った。

「ただいま! お父《とう》さん、あたしこれから彩乃《あやの》の家《いえ》に行《い》くから、帰《かえ》りはおそく……って、あれ?」

いきおいよくドアを開《あ》けると、玄関《げんかん》に見覚《みおぼ》えのない靴《くつ》がおいてあった。

だれか来《き》てる……? でも、うちにお客《きゃく》さんが来《く》るなんて、めずらしいのぅ。

ふしぎに思《おも》いながらリビングに行《い》ったら、たしかにお客《きゃく》さんが来《き》ていた。でも、お父《とう》さんの前《まえ》にすわっていたそのお客《きゃく》さんは、あたしがこれから会《あ》いに行《い》くつもりだった張本人《ちょうほんにん》——彩乃《あやの》だった。

「彩乃《あやの》さん、ひかりは部活《ぶかつ》でちゃんとやってますか?」

「は、はい。えっと、ひかり……さんは、いつも明《あか》るくみんなをはげましてくれます……」

「そうですか。それはよかった。あの子《こ》は、とにかく明《あか》るいのと笑顔《えがお》だけがとりえなもんで……」

「はぁ……、いえ、その……」

お父《とう》さんと彩乃《あやの》は、のんきにお茶《ちゃ》を飲《の》みながら、なごやかに話《はな》している。

なんやし、この家庭訪問《かていほうもん》みたいなふしぎな図《ず》！　ていうか、なんでこんなところにいるんやし!?

「ちょっと、お父《とう》さん！　彩乃《あやの》！」

「おぉ、おかえり、ひかり」

「あ、ひかり……、なんていうか、おじゃましてます……？」

彩乃《あやの》が苦笑《にがわら》いしているのも気《き》にせず、お父《とう》さんがにこにこしながら言《い》う。

「ひかりもそのうち帰《かえ》ってくるやろうと思《おも》ったから、彩乃《あやの》さんに待《ま》っててもらったんや」

そんな、いいアイデアだろ、みたいな顔《かお》されても……。

「そうや。せっかくやし、彩乃《あやの》さんも晩《ばん》ご飯《はん》食《た》べていったら？　今晩《こんばん》はからあげやよ」

そんなことを言《い》いながら、お父《とう》さんがのんきに台所《だいどころ》へ移動《いどう》する。

「またからあげかし！　そんなんばっか食《た》べたら太《ふと》るってあれほど……いや、今《いま》はそれはどうでもよくて！　彩乃来《あやのき》てるんやったら、あたしに電話《でんわ》ですぐ連絡《れんらく》するとかさぁ！」

早口《はやくち》でお父《とう》さんにつっこむあたしを見《み》て、彩乃《あやの》がくすくすと笑《わら》った。

……まったく。お父《とう》さんのせいで彩乃《あやの》に笑《わら》われたが。

あたしも苦笑《にがわら》いしながら彩乃《あやの》に向《む》きなおって、ゆっくりと口《くち》をひらく。

「ごめん、彩乃《あやの》。うちのお父《とう》さん、あんな感《かん》じで」

「ううん。すごくやさしいお父《とう》さんでうらやましい。それに、ひかりにちょっと似《に》てる」

「え!? それ、見《み》た目《め》がじゃないよの!? あたし、そんな太《ふと》ってないよの!?」

あたしの必死《ひっし》な顔《かお》がおもしろかったのか、彩乃《あやの》がぷっとふき出《だ》して笑《わら》った。

……あぁ、よかった。いつもの彩乃《あやの》だ。

「いきなり家《いえ》まで来《き》ちゃってごめんね。びっくりしたでしょ?」

「ううん、だいじょうぶ」

あたしも彩乃《あやの》の家《いえ》まで行《い》くつもりだったから、おたがいさまやし。

「彩乃《あやの》、学校休《がっこうやす》んでたから。心配《しんぱい》してたんやよ」

「ごめん。今日一日《きょういちにち》、学校休《がっこうやす》んで考《かんが》えてたの。チアダンス部《ぶ》のこと」

そう言《い》って、しばらくだまったあと、彩乃《あやの》は、ひとりごとのようにぽつりとつぶやいた。

「……知《し》らなかった」

「え? 急《きゅう》になに?」

「ひかりが、こんなに努力《どりょく》してたこと」

そう言《い》って顔《かお》を上《あ》げた彩乃《あやの》の視線《しせん》の先《さき》には、あたしが柱《はしら》に貼《は》りつけていたマスキングテープのあと。いちばん新《あたら》しいテープは、もうずいぶんと高《たか》い位置《いち》にある。最初《さいしょ》のころに貼《は》った古《ふる》いテープは、もうはがれかけてボロボロになっている。

「いや、べつに努力《どりょく》ってほどじゃ……」

ただ単《たん》に、あまりにも体《からだ》がかたかったから、ちょっとくやしくて練習《れんしゅう》してただけやし。

努力《どりょく》とか言《い》われると、なんか、大《おお》げさな感《かん》じ。

あたしは、照《て》れくささをごまかすみたいに、小《ちい》さく首《くび》を横《よこ》にふった。

「それから……」

そう言《い》って彩乃《あやの》が目《め》を向《む》けたのは、部屋《へや》のすみにある仏壇《ぶつだん》。

そして、そこに何枚《なんまい》もかざられている、あたしのお母《かあ》さんの写真《しゃしん》だった。

彩乃《あやの》は言葉《ことば》のつづきを飲《の》みこんで、じっと写真立《しゃしんた》てを見《み》つめている。

かざられた写真《しゃしん》のなかには、若《わか》いころのお父《とう》さんとならんで写《うつ》った写真《しゃしん》もある。

ちょうど、お父《とう》さんとお母《かあ》さんが、今《いま》のあたしくらいの年齢《ねんれい》のころだ。

「……あぁ、うちのお母《かあ》さん、あたしが小《ちい》さいころに、病気《びょうき》で亡《な》くなってて」

「そうなんだ……」

「お母《かあ》さん、むかし、野球部《やきゅうぶ》のマネージャーやったんやよ。お父《とう》さんは元高校球児《もとこうこうきゅうじ》。甲子園《こうしえん》で準《じゅん》

優勝《ゆうしょう》したんやって」

「えっ、すごい」

「ちなみにお父《とう》さんは、キャッチャーじゃなくて俊足《しゅんそく》のセカンド……って、自分《じぶん》では言《い》ってたけど、今《いま》のビジュアルからは想像《そうぞう》できん」

高校時代《こうこうじだい》、お父《とう》さんは補欠《ほけつ》だった。それでもお母《かあ》さんは、かっこいい先輩《せんぱい》や、実力《じつりょく》のあるレギュラー選手《せんしゅ》と分《わ》けへだてなく、お父《とう》さんのことを心《こころ》から応援《おうえん》してくれたらしい。

「ひかりのお父《とう》さんとお母《かあ》さん、すてきだね。まっすぐに応援《おうえん》してた相手《あいて》とむすばれるなんて、あこがれちゃうな……」

「彩乃《あやの》にもいるやろ。まっすぐに告白《こくはく》して、応援《おうえん》してくれる男子《だんし》」

からかうように言《い》うと、彩乃《あやの》が、「えっ？」と目《め》を丸《まる》くしてあたしを見《み》る。

「矢代《やしろ》くんやっけ？　ちょっとしつこいくらいに彩乃《あやの》に告白《こくはく》してるって――」

「えっ⁉　ちょ、な、なんでひかりがそんなこと……」

「チアダンス部《ぶ》が恋愛禁止《れんあいきんし》じゃなかったらよかったのにのぅ」

「なっ……、そ、そんなことより！　今《いま》は、チアダンス部《ぶ》をこれからどうするかでしょ⁉」

彩乃《あやの》が照《て》れて話《はなし》をそらした。反応《はんのう》がかわいいから、もう少《すこ》しつっこんでもよかったけど、まぁ、今日《きょう》はこれくらいでゆるしてあげよう。

彩乃《あやの》の言《い》うとおり、今《いま》はそれよりもチアダンス部《ぶ》のことだ。

あたしは、ふざけるのをやめて、真剣《しんけん》な顔《かお》で彩乃《あやの》に向《む》きなおった。

「彩乃《あやの》。あたし、このまま終《お》わりなんて、絶対《ぜったい》にいや」

「わたしもそう思《おも》う。今日一日《きょういちにち》、ずっと考《かんが》えてたけど、絶対《ぜったい》にいや」

あたしと彩乃《あやの》は、目《め》を見《み》あわせて、同《おな》じタイミングでうなずいた。

「とにかくまずはみんなのところに行《い》って」

「みんなといっしょに校長先生《こうちょうせんせい》を説得《せっとく》しよう」

あたしと彩乃《あやの》のセリフは、意識《いしき》していなかったけど、完璧《かんぺき》につながった。

リビングで、おたがいに真顔《まがお》でじっと見《み》つめあって、まったく同《おな》じようなことを考《かんが》えて。正反対《せいはんたい》なんだか、似《に》た者同士《ものどうし》なんだか、よくわからないあたしたち。

「……あはっ」

「……ふふ」

今《いま》の変《へん》な状況《じょうきょう》がおもしろくなってきて、二人《ふたり》して、ほぼ同時《どうじ》にふき出《だ》した。

一度笑《いちどわら》いだすと、もうダメだ。おかしくってしかたない。あたしと彩乃《あやの》は、意味《いみ》もなく、二人《ふたり》でおなかをかかえて笑《わら》いまくった。

「なんか、楽《たの》しそうやのぅ。青春《せいしゅん》、って感《かん》じや」

台所《だいどころ》にいたお父《とう》さんが、あたしたちを見《み》ながらそう言《い》ってほほえんだ。


晩《ばん》ご飯《はん》を食《た》べていけばいいのに、と、やたらと彩乃《あやの》を引《ひ》きとめたがるお父《とう》さんをふりきって、あたしと彩乃《あやの》は、唯《ゆい》と多恵子《たえこ》、それから麗華《れいか》の家《いえ》を回《まわ》ることにした。

校長先生《こうちょうせんせい》を説得《せっとく》するには、みんなの力《ちから》が必要《ひつよう》だ。そのためにも、もう一度《いちど》、みんなをチアダンス部《ぶ》に連《つ》れもどさないと。

最初《さいしょ》にたどりついたのは、唯《ゆい》の家《いえ》だった。繁華街《はんかがい》の近《ちか》くにあるマンションの一室《いっしつ》。チャイムを鳴《な》らすと、玄関先《げんかんさき》に唯《ゆい》のお母《かあ》さんが出《で》てきた。

「ごめんなさい。唯《ゆい》は今《いま》、ちょっと出《で》かけてて」

もうしわけなさそうにそう言《い》われて、あたしと彩乃《あやの》は顔《かお》を見《み》あわせる。

もう日《ひ》も暮《く》れてきて、外《そと》はだいぶ暗《くら》いのに、どこに行《い》ってるんだろう？

でも、いないならしかたない。

「そうですか……。じゃあまた出《で》なおします。おそい時間《じかん》に、突然《とつぜん》、すみませんでした」

「こちらこそ、ごめんなさいね。せっかく来《き》てもらったのに。でも、唯《ゆい》に、こうやって来《き》てくれるお友《とも》だちができたなんて……。すごくうれしいわ。ありがとう」

「はぁ……」

なんか感謝《かんしゃ》されたけど、意味《いみ》がよくわからない。唯《ゆい》のお母《かあ》さんは、きょとんとするあたしと彩《あや》乃《の》に、力《ちから》なくほほえんで言《い》った。

「実《じつ》は、唯《ゆい》は中学《ちゅうがく》のとき、学校《がっこう》に行《い》ってなくて」

「えっ……？」

「でも、学校《がっこう》でなにがあったか、言《い》わんのです。ぜんぶ、自分一人《じぶんひとり》でかかえて……。そんなとき、ストリートダンスっていうんですかね。あれを見《み》て、外《そと》に出《で》るようになったんです」

……そんなこと、ぜんぜん知《し》らなかった。

「今《いま》もきっと、駅前《えきまえ》のショーウインドウの前《まえ》でおどってると思《おも》います。一人《ひとり》で」

唯《ゆい》のお母《かあ》さんのさみしそうな声《こえ》を聞《き》いて、あたしと彩乃《あやの》はまた顔《かお》を見《み》あわせた。

そうか。だから唯《ゆい》は、ダンスがあんなにうまくて、だれかに心《こころ》をひらくのが苦手《にがて》だったんだ。

「あの……、唯《ゆい》はもう、一人《ひとり》じゃないですよ。あたしらが……チアダンス部《ぶ》の仲間《なかま》がいます」

あたしが小《ちい》さな声《こえ》でそう言《い》うと、唯《ゆい》のお母《かあ》さんはおどろいたように目《め》を見《み》ひらいて、もう一度《いちど》、「ありがとう」とつぶやいた。その目《め》には、うっすら涙《なみだ》が光《ひか》っているように見《み》えた。

彩乃《あやの》といっしょに駅《えき》のほうへ移動《いどう》すると、唯《ゆい》のお母《かあ》さんが言《い》っていたとおり、大通《おおどお》りに面《めん》したお店《みせ》の前《まえ》で、唯《ゆい》がヒップホップをおどっていた。

夜《よる》になって、繁華街《はんかがい》にたくさんならんだお店《みせ》も、今《いま》はほとんどしまっている。昼間《ひるま》はにぎやかだった街《まち》は、どこかさみしい空気《くうき》につつまれていて、街灯《がいとう》のかすかな灯《あか》りが、ショーウインドウに、おどる唯《ゆい》の姿《すがた》をうつしだしている。

ショーウインドウにうつる自分《じぶん》の姿《すがた》を見《み》ながら、唯《ゆい》はおどっていた。たった一人《ひとり》で。

きっと、チアダンス部《ぶ》に入《はい》る前《まえ》の唯《ゆい》は、こうしておどっていたんだろう。

小《ちい》さなラジカセから流《なが》れる音楽《おんがく》が、夜《よる》の街《まち》に静《しず》かにひびいている。

あたしと彩乃《あやの》は、唯《ゆい》に声《こえ》をかけなかった。そのかわり、なにも言《い》わずに唯《ゆい》のとなりに立《た》って、唯《ゆい》の動《うご》きに合《あ》わせておどりはじめた。唯《ゆい》のダンスを見《み》て覚《おぼ》えた、ヒップホップの動《うご》き。

あたしたちに気《き》づいた唯《ゆい》は、少《すこ》しおどろいた顔《かお》をしたけど、ダンスはやめなかった。

しばらく三人《にん》でヒップホップダンスをおどったあと、ラジカセから流《なが》れる曲《きょく》がかわった。今度《こんど》

は、さっきまでのリズミカルなひびきからうってかわって、ぐっとロマンチックな雰囲気《ふんいき》。
唯《ゆい》はそこでダンスをやめようとしたけど、あたしはなにも言《い》わずにおどりつづけた。彩乃《あやの》も、あたしに合《あ》わせて、自然《しぜん》と動《うご》きをかえる。せつなげなメロディーに合《あ》わせた、なめらかでゆったりしたダンス。
唯《ゆい》は、しばらくこまったような顔《かお》で、あたしと彩《あや》乃《の》のダンスを見《み》ていたけど、やがて、あたしたちに合《あ》わせておどりはじめた――とてもうれしそうな顔《かお》で。
その瞬間《しゅんかん》、三人《にん》の心《こころ》が、曲《きょく》とダンスに合《あ》わせて、一つにかさなり合《あ》った気《き》がした。

「……ずっと、一人《ひとり》やったで」

ダンスを終《お》えたあと、唯《ゆい》がぽつりとつぶやいた。

「……どうすれば笑顔《えがお》になれるか、わからん」

泣《な》きそうになってうつむく唯《ゆい》に、あたしはにっと笑《わら》いかけた。

「さっきみたいにすればいいが」

「えっ？」

「さっき、笑《わら》ってたが」

いっしょにおどっているあいだ、唯《ゆい》はずっと最高《さいこう》の笑《え》みを浮《う》かべていた。

「またいっしょに、チアダンス、やろっさ」

あたしが手《て》をさしだすと、唯《ゆい》は笑顔《えがお》でうなずいて、そっとあたしの手《て》をとった。


唯《ゆい》もくわえて三人《にん》で、今度《こんど》は多恵子《たえこ》の家《いえ》に向《む》かった。

こう言《い》うとなんだけど、多恵子《たえこ》の家《いえ》は、あまりきれいとは言《い》えないアパートだった。おそるおそるチャイムを鳴《な》らすと、玄関先《げんかんさき》に多恵子《たえこ》が出《で》てきた。

「みんな……」

「多恵子《たえこ》、あたしらといっしょに、またチアダンス部《ぶ》で――」

あたしが言《い》いかけたとき、部屋《へや》の奥《おく》から、大《おお》きな声《こえ》がした。

「いいからだまってさっさと来《こ》いや！」

どうやら、部屋《へや》の奥《おく》にいる多恵子《たえこ》のお母《かあ》さんが、だれかと電話《でんわ》しているらしい。「やで、文句《もんく》言《い》いに行《い》くんやって」とか「マジむかついたであのババア」とか、なんだか怖《こわ》そうなことをしゃべっている。

これが、チアダンス部《ぶ》でいちばん気《き》が弱《よわ》くてやさしい多恵子《たえこ》のお母《かあ》さん……？

「多恵子《たえこ》、だれが来《き》たんや？　あんたら、なに？」

携帯電話《けいたいでんわ》を手《て》に持《も》ったまま、お母《かあ》さんが玄関先《げんかんさき》のあたしたちをにらみつけた。きつすぎるメイクがほどこされた顔《かお》は、やっぱり多恵子《たえこ》には似《に》ていない。

家族《かぞく》で暮《く》らすにはせまそうな部屋《へや》のなかには、たたみかけの洗濯物《せんたくもの》がおかれていたり、お菓子《かし》の空《あ》き箱《ばこ》が捨《す》てられていたりする。なのに、その横《よこ》には、高《たか》そうなバッグや洋服《ようふく》、化粧品《けしょうひん》がころがっている。部屋《へや》の奥《おく》では、多恵子《たえこ》の弟《おとうと》らしき男《おとこ》の子《こ》が二人《ふたり》いて、お母《かあ》さんの怒鳴《どな》り声《ごえ》に体《からだ》を小《ちい》さくしながら、テレビゲームに熱中《ねっちゅう》していた。

だまりこむあたしたちのかわりに、お母《かあ》さんに向《む》かって、多恵子《たえこ》がおずおずとこたえる。

「友《とも》だち……、チアダンス部《ぶ》の」

「けっ、さっきは先生《せんせい》で、今度《こんど》は生徒《せいと》かし」

先生《せんせい》……？　なんのことだろう。

よくわからなくてきょとんとしていると、多恵子《たえこ》が小声《こごえ》であたしたちにささやいた。

「さっき、早乙女先生《さおとめせんせい》が来《き》て……。わたしがファミレスでバイトしてるの知《し》って、お母《かあ》さんに、あんた母親《ははおや》やろって説教《せっきょう》していって……」

「早乙女先生《さおとめせんせい》が……？　っていうか、バイトって……」

目《め》を丸《まる》くするあたしたちに、多恵子《たえこ》はうつむきながら苦笑《にがわら》いで言《い》った。

「……親《おや》があんなんやから。自分《じぶん》の分《ぶん》は、自分《じぶん》でかせがんと」

それって、多恵子《たえこ》はいつもチアダンスの練習《れんしゅう》をしたあと、夜《よる》にバイトまでやってたってこと？

多恵子《たえこ》がそんな事情《じじょう》をかかえていたなんて、まったく知《し》らなかった。

もしかして、多恵子《たえこ》がずっと朝練《あされん》のときに眠《ねむ》そうだったのも、最近部活《さいきんぶかつ》に来《こ》られなかったのも、それで……？

「いいから早《はや》く来《こ》いや！」

多恵子《たえこ》のお母《かあ》さんが、電話口《でんわぐち》の相手《あいて》に、さっきより強《つよ》く怒鳴《どな》った。そして、そのままいらだったようにあたしたちのほうを向《む》いて、大声《おおごえ》でさけんだ。

「っていうか、あんたらも帰《かえ》れや！」

とげとげしい声《こえ》で言《い》われて、あたしは思《おも》わず、ぎゅっとくちびるをかみしめる。怖《こわ》かったのもあるけど、それだけじゃなくて、くやしかったから。

ただの部活仲間《ぶかつなかま》のあたしたちが、家庭《かてい》の事情《じじょう》に口《くち》をはさむことはできない。だけど、あんなにやさしくて、一生懸命《いっしょうけんめい》で、チアダンスが大好《だいす》きな多恵子《たえこ》が、どうしてこんな理由《りゆう》で、チアダンスからはなれなきゃいけないんだろう。どうして、こんなつらそうな顔《かお》をしなきゃいけないんだろう。

うつむいていた多恵子《たえこ》の肩《かた》が、わずかにふるえている。

一瞬《いっしゅん》、泣《な》いているんだと思《おも》った。でも、そうじゃなかった。

「……いいかげんにしろや」

そうつぶやいて顔《かお》を上《あ》げた多恵子《たえこ》は、今《いま》まで見《み》たことないような顔《かお》をしていた。

多恵子《たえこ》は、あたしたちに背中《せなか》を向《む》けて、つかつかとお母《かあ》さんに歩《あゆ》みよった。そして、そのままお母《かあ》さんから携帯《けいたい》を取《と》りあげて、電話《でんわ》を切《き》った。

「ちょっ、多恵子《たえこ》、なにす――」

お母《かあ》さんの言葉《ことば》を無視《むし》して、多恵子《たえこ》は切《き》れた電話《でんわ》を、部屋《へや》のすみに投《な》げすてる。

「あんたらも帰《かえ》れや……？　わたしの友《とも》だちに、そんな言《い》い方《かた》はゆるさん」

きっぱりとそう言《い》ったあと、多恵子《たえこ》は、ぽかんとしているお母《かあ》さんに向《む》かって、しぼり出《だ》すような声《こえ》で言《い》った。

「金《かね》、出《だ》せや」

「え？　あんた、いきなりなにを――」

「月《つき》、一万《まん》でいいで。それで生活《せいかつ》してやるわ。高校卒業《こうこうそつぎょう》するまでや。あとは一人《ひとり》で生《い》きていくで」

多恵子《たえこ》は、怒《いか》りと悲《かな》しみにあふれた目《め》で、お母《かあ》さんをにらみつけた。

「先生《せんせい》の言《い》ったとおりやわ……。あんた、母親《ははおや》やろ！」

少《すこ》しずつ、大《おお》きく、はげしくなっていく多恵子《たえこ》の声《こえ》。

「こんなんでも……、こんなんでも、産《う》んでもたら責任《せきにん》持《も》てや！　大人《おとな》になれや！」

その多恵子《たえこ》の言葉《ことば》にこめられた気持《きも》ちを思《おも》うと、あたしまで胸《むね》が痛《いた》くなった。

かたまっているお母《かあ》さんに背中《せなか》を向《む》けて、多恵子《たえこ》はあたしたちといっしょに、アパートの外《そと》に出《で》た。夜風《よかぜ》を感《かん》じながら、みんなでゆっくりと歩《ある》く。

「ごめんね、みんな。変《へん》なところ見《み》せてもて……」

「あたしたちはいいけど……、多恵子《たえこ》、だいじょうぶ……？」

心配《しんぱい》するあたしたちに向《む》かって、多恵子《たえこ》はにっこりほほえんでみせた。その顔《かお》は、意外《いがい》なくらい晴《は》れやかだった。

「やっと言《い》えた……あの人《ひと》に。もうわたし、一人《ひとり》じゃないでさ」

……うん、そうやよ。一人《ひとり》じゃないでの。唯《ゆい》も、多恵子《たえこ》も、みんな、一人《ひとり》じゃない。

あたしたちはぎゅっと多恵子《たえこ》を抱《だ》きしめた。夜風《よかぜ》は冷《つめ》たいけど、みんなであつまれば、こんなにもあったかい。

またおどろっさ、多恵子《たえこ》。みんなで、いっしょに。


多恵子《たえこ》の家《いえ》を出《で》るころには、もうすっかり夜《よる》もふけていた。

多恵子《たえこ》もくわえて四人《にん》になったあたしたちが最後《さいご》に向《む》かったのは、丘《おか》の上《うえ》にある麗華《れいか》の家《いえ》。高《こう》級旅館《きゅうりょかん》のような、大《おお》きな一軒家《いっけんや》。いかにもお金持《かねも》ちって感《かん》じ。

でも、玄関先《げんかんさき》に出《で》てきた麗華《れいか》は、あたしたちの顔《かお》を見《み》るなり、チッと舌《した》うちをした。

「なんや、今《いま》さら。もうあんたらとつきあってるヒマなんてないで」

「でも……」

「わたし、またバレエはじめたで。わたしは世界《せかい》をめざす。あんたらとはちがう人間《にんげん》やで」

そう言《い》って、麗華《れいか》はあたしたちの鼻先《はなさき》に、びしっと人差《ひとさ》し指《ゆび》をつきつけた。

「あんたらじゃ、逆立《さかだ》ちしてもできないこと、絶対《ぜったい》やってやるで。あんたらはずっと、福井地獄《ふくいじごく》にいろや」

それだけ言《い》うと、麗華《れいか》は「しっしっ」と、あたしたちを外《そと》へ追《お》いはらった。そして、大《おお》げさにバレエのステップをふみながら、家《いえ》の奥《おく》へ消《き》えていった。

……やれやれ。この気《き》の強《つよ》さ、部活《ぶかつ》をやめてもあいかわらずだ。このようすじゃあ、麗華《れいか》を部活《かつ》に連《つ》れもどすのは、たぶん無理《むり》。

本人《ほんにん》にその気《き》がないのに、もどってきてもらうわけにはいかないし、麗華《れいか》がバレエで世界《せかい》をめざしたいというなら、それはそれでいい。本人《ほんにん》の自由《じゆう》だ。

だけど、あたしたちだって。

「……やってやるし」

麗華《れいか》の家《いえ》を出《で》たあたしは、ぐっとこぶしをにぎってつぶやいた。

そして、くるりとふりかえって、麗華《れいか》の家《いえ》に向《む》かって、近所迷惑《きんじょめいわく》になるくらいの大声《おおごえ》でさけんだ。

「できっこないこと、やってやるし！　絶対《ぜったい》……、絶対《ぜったい》、みんなでアメリカ行《い》ってやるでの！」

ふう。全力《ぜんりょく》でさけんだら、ちょっとすっきりした。

「のう、みんな！　もし本当《ほんとう》にアメリカ行《い》けたら、そんときは、こってこての福井弁《ふくいべん》で話《はな》してや

ろうの！　アメリカのどまんなかで！」

あたしがにっと笑《わら》ってそう呼《よ》びかけると、彩乃《あやの》と唯《ゆい》が小《ちい》さく笑《わら》った。そして、いたずらっぽい表《ひょう》情《じょう》になって、福井弁《ふくいべん》でこたえた。

「ほやの！」

「ほやほや！」

それを聞《き》いて、多恵子《たえこ》もにこにこしながら大《おお》きくうなずく。

「絶対《ぜったい》、アメリカ行《い》ってやるでのー！　待《ま》ってろやー！」

夜《よる》の町《まち》に、あたしたちの声《こえ》がひびきわたる。

今日《きょう》から、チアダンス部《ぶ》、再出発《さいしゅっぱつ》だ。

なにが福井地獄《ふくいじごく》や。福井《ふくい》ナメんなし！

あたしらの福井弁《ふくいべん》、絶対《ぜったい》、アメリカじゅうにひびかせてやるでの！

9 結成《けっせい》！ ＪＥＴＳ《ジェッツ》！

つぎの日《ひ》、あたしと彩乃《あやの》は、休《やす》み時間《じかん》のたびに各《かく》クラスを回《まわ》って、チアダンス部《ぶ》のメンバー全《ぜん》員《いん》に声《こえ》をかけた。最初《さいしょ》は気《き》まずそうにしていたみんなも、「またいっしょにやろっさ！」と明《あか》く声《こえ》をかけると、最後《さいご》には笑顔《えがお》でうなずいてくれた。

そして放課後《ほうかご》、ひさしぶりに全員《ぜんいん》そろったチアダンス部《ぶ》は、みんなで校長室《こうちょうしつ》にのりこんだ。

「失礼《しつれい》します！」

ガラッと扉《とびら》を開《あ》けると、ちょうどなにかを話《はな》していた校長《こうちょう》、教頭《きょうとう》、早乙女先生《さおとめせんせい》の三人《にん》が、ぎょっとしたようにこっちを見《み》る。

「急《きゅう》になんだ、きみたちは！」

「校長先生《こうちょうせんせい》、教頭先生《きょうとうせんせい》！ チアダンス、つづけさせてください！」

彩乃《あやの》が先頭《せんとう》で、頭《あたま》を下《さ》げた。あたしたちも「おねがいします！」と、そろって頭《あたま》を下《さ》げる。

「いや、ちょうど今《いま》、そのことを早乙女先生《さおとめせんせい》と話《はな》していたところで……」

こまり顔《がお》になっている校長先生《こうちょうせんせい》に向《む》かって、あたしはがっと身《み》をのりだして声《こえ》を張《は》りあげた。

「た、たしかに、早乙女先生《さおとめせんせい》は、指導《しどう》はきついし、傷《きず》つくことを言《い》うし、ただのうるさいババアです！」

……………………。

……い、以上《いじょう》。

「終《お》わりかし！」

そこにいた全員《ぜんいん》に同時《どうじ》につっこまれた。

ごめん。「でも」ってつづけようと思《おも》ったけど、その先《さき》の言葉《ことば》が思《おも》い浮《う》かびませんでした。

「と、友《とも》だちなんです……！」

校長室《こうちょうしつ》に流《なが》れる微妙《びみょう》な沈黙《ちんもく》をやぶったのは、となりに立《た》っていた唯《ゆい》だった。唯《ゆい》はぎゅっとこぶしをにぎって、ふるえる声《こえ》で言《い》う。

「ち、チアダンス部《ぶ》のみんなは、はじめてできた友《とも》だちなんです……！」

いつも口《くち》べたな唯《ゆい》が、勇気《ゆうき》を出《だ》して、だれよりも先《さき》に口《くち》をひらいた。それはきっと、ずっと一人《ひとり》でおどっていた唯《ゆい》にとって、チアダンス部《ぶ》がとても大切《たいせつ》な居場所《いばしょ》になったから。

「ど、どうか、友《とも》だちとの時間《じかん》を、うばわないでください……」

すると、唯《ゆい》につられたように、みんながチアダンス部《ぶ》へのそれぞれの思《おも》いを口《くち》にしはじめた。

「わたし、はじめてこんなに一つのことにうちこめたんです！」

「みんなといっしょなら、つらい練習《れんしゅう》ものりこえられるんです！」

「練習《れんしゅう》はきついけど、それ以上《いじょう》に楽《たの》しいんです！」

もちろん、あたしもみんなと同《おな》じ気持《きも》ちだった。

そして、彩乃《あやの》がみんなの意見《いけん》をまとめるみたいに、一歩前《いっぽまえ》に出《で》た。

「たしかに、さっきひかりが言《い》ったみたいに、早乙女先生《さおとめせんせい》の指導《しどう》はきびしくてつらくなるときもあるけど……でも、先生《せんせい》はわたしたちに目標《もくひょう》をあたえてくれました」

早乙女先生《さおとめせんせい》が、目《め》を丸《まる》くして彩乃《あやの》を見《み》る。校長先生《こうちょうせんせい》と教頭先生《きょうとうせんせい》は、微妙《びみょう》な表情《ひょうじょう》でだまりこんでいる。

よし。こうなったら、きっとあと一押《ひとお》しだ。

あたしも彩乃《あやの》にまかせてばかりじゃなくて、なにか言《い》わないと。

「と、とにかく……！　えっと……」

前《まえ》に出《で》て、口《くち》をひらいてはみたけど、いい言葉《ことば》が浮《う》かばない。

そのとき、あたしの目《め》に、校長室《こうちょうしつ》にかざられたいろんな部活《ぶかつ》のトロフィーや優勝旗《ゆうしょうき》がとびこんできた。

そうだ、これだ！

あたしはとっさに頭《あたま》に浮《う》かんだことを、なにも考《かん》がえずに全力《ぜんりょく》でさけんだ。

「あ、あたしら、アメリカで優勝《ゆうしょう》します！」

一瞬《いっしゅん》で、校長室《こうちょうしつ》がしんと静《しず》まりかえる。

……ん？　あたし、今《いま》、なんて言《い》った？

思《おも》わずふり向《む》くと、彩乃《あやの》がなんともいえないこまった表情《ひょうじょう》をしている。

あれ？　ひょっとして、あたし、やっちゃった……？　「本気《ほんき》でめざします」くらいならまだしも、「優勝《ゆうしょう》します」は、さすがに言《い》いすぎやったかも……。

だけどつぎの瞬間《しゅんかん》、あたしの耳《みみ》に、校長先生《こうちょうせんせい》の信《しん》じられない言葉《ことば》がとびこんできた。

「わかりました。そこまでの覚悟《かくご》があるなら……、まぁとりあえず、チアダンス部《ぶ》は存続《そんぞく》ということで」

……え？

「ほ、ほんとですかっ!?」

あんなてきとうなセリフが決《き》め手《て》になるなんて思《おも》ってなかったけど、なんにせよ、結果《けっか》オーライ！　これでチアダンスをつづけられる！

みんなで何度《なんど》も頭《あたま》を下《さ》げて、校長室《こうちょうしつ》を出《で》たあと、部員《ぶいん》みんなでハイタッチをした。自然《しぜん》と円陣《えんじん》をくんで、みんなで笑《え》みを交《か》わす。

「また、みんなでおどれるでの！」

そしてあたしは、くるりとふりかえって、笑顔《えがお》で言《い》った。

「早乙女先生《さおとめせんせい》、あたしら、絶対《ぜったい》――」

……って、あれ？　先生《せんせい》、どこ行《い》った？


校長室《こうちょうしつ》を出《で》てすぐに消《き》えた早乙女先生《さおとめせんせい》は、いつのまにか、先《さき》に部室《ぶしつ》にもどっていたらしい。ホワイトボードの前《まえ》でこちらに背《せ》をむけて仁王立《におうだ》ちしている。

なんや、こんなところにいたんかし。せっかくもり上《あ》がってたのに、さっさと移動《いどう》してまうなんて、空気《くうき》の読《よ》めんババアやの。

「みんな、集合《しゅうごう》！」

先生《せんせい》を見《み》つけてすぐに彩乃《あやの》が号令《ごうれい》をかけたので、あたしたちは、あわてて先生《せんせい》の前《まえ》で一列《れつ》にならぶ。

早乙女先生《さおとめせんせい》は真顔《まがお》でくるりとふり向《む》くと、整列《せいれつ》したあたしたち全員《ぜんいん》の顔《かお》をゆっくり見《み》まわした。

「あの、先生《せんせい》……？」

彩乃《あやの》が呼《よ》びかけると、先生《せんせい》は、あたしをキッとにらんで言《い》った。

「あなた、自分《じぶん》からアメリカに行《い》くと言《い》ったわね」

「う……」

たしかに、ああ言《い》って存続《そんぞく》が決《き》まった以上《いじょう》、全米大会《ぜんべいたいかい》に出場《しゅつじょう》できませんでした、ではすまない。

ただ、世《よ》のなかそんなにうまくいくかといえば、そうじゃないわけで。

「い、言《い》いすぎました。すいませ——」

「その言葉《ことば》を待《ま》ってたのよ！」

……え？

急《きゅう》にうれしそうにさけんだ早乙女先生《さおとめせんせい》は、ペンを手《て》にして、部室《ぶしつ》のホワイトボードに、大《おお》きく文字《もじ》を書《か》きはじめた。

J《ジェイ》、**E**《イー》、**T**《ティー》、**S**《エス》——**JETS**《ジェッツ》**？**

そう書《か》きおえた先生《せんせい》は、まるで子《こ》どもみたいに目《め》をかがやかせて、満足《まんぞく》げにその四文字《もじ》をながめている。

「今日《きょう》からこれが、わたしたちのチーム名《めい》です!」

「じぇっつ……って、なんでですか?」

あたしがたずねると、先生《せんせい》が両腕《りょううで》を大《おお》きく広《ひろ》げて、やけに大《おお》きな声《こえ》でこたえる。

「高校《こうこう》の三年間《ねんかん》はみじかい! だから、ジェット噴射《ふんしゃ》するように、世界《せかい》に羽《は》ばたく、JETS《ジェッツ》!」

……はぁ。わかるような、わからないような。

でも、あたしたちの微妙《びみょう》な反応《はんのう》を気《き》にもせず、先生《せんせい》は一人《ひとり》でますますハイテンションになっていく。

「三年間《ねんかん》で、とんでもないことをやってやろう! できっこないことを、やってやろう! みんなでいっしょに、たどりつこう! 行《い》くわよ、JETS《ジェッツ》!」

急《きゅう》になんやし。そんな突然《とつぜん》、テンション上《あ》げられても、だれひとり、のりきれていないし。

「……ど、どうしよう、ひかり！　先生《せんせい》に合《あ》わせて、わたしたちももっとテンション上《あ》げなきゃダメかな!?」

「彩乃《あやの》はあいかわらずまじめやの。べつに気《き》にせんでいいって」

先生《せんせい》のテンションはさておき、こうしてなんとか廃部《はいぶ》の危機《きき》をのりこえたあたしたちは、JETS《ジェッツ》というチームになった。

「JETS《ジェッツ》……かぁ」

先生《せんせい》が熱弁《ねつべん》していた由来《ゆらい》はよくわからないけど、JETS《ジェッツ》ってひびきは、意外《いがい》と悪《わる》くない。

ホワイトボードに書《か》かれたアルファベットが、部室《ぶしつ》にさしこむ日《ひ》の光《ひかり》を受《う》けて、キラキラとかがやいていた。

そして、あたしたちチアダンス部《ぶ》——JETS《ジェッツ》の、二年目《ねんめ》の挑戦《ちょうせん》がはじまった。

2年《ねん》目《め》

新《しん》生《せい》チアダンス部《ぶ》はトラブルだらけ！

10 新《あたら》しい風《かぜ》！ でも地獄《じごく》行《い》き？

今年《ことし》も桜《さくら》の花《はな》びらが舞《ま》いちって、あたしたちはこの学校《がっこう》で二回目《かいめ》の春《はる》をむかえた。

部室《ぶしつ》にずらりとならんだ、入部希望《にゅうぶきぼう》の新《しん》一年生《ねんせい》たちは、早乙女先生《さおとめせんせい》から「ネイル禁止《きんし》、恋愛禁止《れんあいきんし》、そして、前髪禁止《まえがみきんし》のおでこ全開令《ぜんかいれい》」を出《だ》されて、目《め》を丸《まる》くしている。

なんだか、なつかしい光景《こうけい》だ。今《いま》の一年生《ねんせい》たちの気持《きも》ちは、よくわかる。あたしも一年前《ねんまえ》、あの子《こ》たちと同《おな》じように……いや、それ以上《いじょう》に、反発《はんぱつ》したリアクションをとったから。

「……そろそろ先生《せんせい》のアレが出《で》るでの」

あたしがとなりに立《た》つ彩乃《あやの》にぼそっとつぶやいた瞬間《しゅんかん》、案《あん》の定《じょう》、早乙女先生《さおとめせんせい》がさけんだ。

「違反《いはん》した者《もの》は、地獄《じごく》におちなさい！」

はい、出《で》た、いつもの！

ふざけて手《て》を大《おお》きくつき上《あ》げたら、唯《ゆい》にぺしっとひたいをたたいてつっこまれた。漫才《まんざい》のようなやりとりに、二年生《ねんせい》はみんな、笑《わら》いをこらえている。

いきなりとびだした、「地獄《じごく》」という、インパクト抜群《ばつぐん》の単語《たんご》。一年生《ねんせい》たちはおどろいていたけど、もう二年生《ねんせい》はなれたものだ。この一年《ねん》で、あたしらはなんべん地獄《じごく》におとされたか……。

それはさておき、今年入《ことしはい》った一年生《ねんせい》には、とても優秀《ゆうしゅう》な子《こ》がいた。

唯《ゆい》と同《おな》じでヒップホップが得意《とくい》な、福永絵里《ふくながえり》ちゃん。ダンス経験者《けいけんしゃ》らしく、正直《しょうじき》、あたしよりずっとうまい。

「即戦力《そくせんりょく》やの！　期待《きたい》してるで！」

「ありがとうございます。よろしくおねがいします」

「でも絵里《えり》ちゃん、ダンスの技術《ぎじゅつ》はすごいけど、ちょっと表情《ひょうじょう》がかたいかも。もっとリラックスして、笑顔《えがお》やよ！」

「はぁ……。でもわたし、笑顔《えがお》とかそういうの、苦手《にがて》で……。どうやって笑顔《えがお》を作《つく》ったらいいか、よくわかんないし……」

それなら、あたしの唯一《ゆいいつ》の得意分野《とくいぶんや》だ。

ここぞとばかりにアドバイスをしようとしたら、彩乃《あやの》があたしの服《ふく》をくいっと引《ひ》っぱった。そして、小《ちい》さく首《くび》を横《よこ》にふった。

やめとけってこと？　なんで？

ふしぎに思《おも》っていたら、あたしのかわりに、唯《ゆい》がそっと絵里《えり》ちゃんに歩《あゆ》みよっていた。

「絵里《えり》。だれか、特定《とくてい》の人《ひと》を応援《おうえん》する気持《きも》ちでやれば、うまく笑顔《えがお》が作《つく》れるで」

「でも、応援《おうえん》したい特定《とくてい》の人《ひと》なんていないし……」

「やったら、ここにいるみんな。チアダンス部《ぶ》の仲間《なかま》を応援《おうえん》する気持《きも》ちでやればいい。わたしは、そうしてる」

その言葉《ことば》を聞《き》いて、この一年《ねん》で唯《ゆい》もかわったなぁと思《おも》った。ダンスは最初《さいしょ》からうまかったけど、なにか、もっと大《おお》きなものがかわった。

それに、かわったのは、唯《ゆい》だけじゃない。彩乃《あやの》はさらにたよれるリーダーになったし、マイペースなあゆみも、前《まえ》より行動《こうどう》が素早《すばや》くなった。多恵子《たえこ》もだいぶ自信《じしん》を持《も》っておどれるようになった。

あたしだって、きっと。自分《じぶん》では気《き》づかないけれど、いろいろとかわっているはずだ。

そしてこの春《はる》、もうひとつ、ＪＥＴＳ《ジェッツ》にとてもうれしい変化《へんか》があった。全米大会《ぜんべいたいかい》に向《む》けてやる

気満々《きまんまん》のあたしたちのもとに、さらなる強力《きょうりょく》な助《すけ》っ人《と》がやってきたのだ。

　その日《ひ》、あたしたちが部室《ぶしつ》にあつまると、早乙女先生《さおとめせんせい》がまた子《こ》どものように目《め》をかがやかせて、うれしそうに言《い》った。

「みんな、今日《きょう》はすごい方《かた》をおまねきしたのよ！　こちら、大野希子《おおのきこ》コーチ。なんと本場《ほんば》アメリカで活躍《かつやく》された、プロのコーチです！」

　アメリカで活躍《かつやく》だとか、プロのコーチだとか言《い》われると、一気《いっき》に本格的《ほんかくてき》になったようでドキドキする。部員《ぶいん》たちのあいだからも、「おぉ……」と感心《かんしん》したような声《こえ》が聞《き》こえる。

　早乙女先生《さおとめせんせい》の横《よこ》に立《た》った大野《おおの》コーチは、薄手《うすで》のトレンチコートに身《み》をつつんだ、スタイリッシュな女性《じょせい》。

「大野《おおの》です。みんな、よろしく」

　あいさつもさらっとしていて、いかにもデキる都会《とかい》の女《おんな》、って感《かん》じ。

「これから月《つき》に一度《ど》、大野《おおの》コーチにＪＥＴＳ《ジェッツ》の振《ふ》り付《つ》けと指導《しどう》をしていただけることになりました。わたしたちＪＥＴＳ《ジェッツ》のために、東京《とうきょう》からはるばる福井《ふくい》まで来《き》てくださったのよ！」

「……東京《とうきょう》の女《おんな》や」

思《おも》わずつぶやくと、やっぱり地獄耳《じごくみみ》の早乙女先生《さおとめせんせい》に、じろりとにらまれた。

「とにかく、まずは大野《おおの》コーチに、今《いま》のＪＥＴＳ《ジェッツ》のダンスを見《み》てもらいましょう」

そう言《い》われて、あたしたちはいつものように彩乃《あやの》をセンターに、一曲通《きょくとお》しておどった。

ダンスをひととおり見《み》たあと、大野《おおの》コーチは、ぱんと手《て》をたたいて、あっさりと言《い》った。

「はい、ありがとう。だいたいわかりました。その技《わざ》はやめましょう」

「えっ？」

「むずかしい技《わざ》をバラバラにやるより、演技《えんぎ》をそろえたほうが評価《ひょうか》は高《たか》いの。今《いま》のあなたたちの実力《じつりょく》で世界《せかい》に立《た》ち向《む》かうには、全員《ぜんいん》が息《いき》を合《あ》わせること。それしかない。みんなでそろうこと。その演技《えんぎ》の精密《せいみつ》さを追求《ついきゅう》するの」

おぉ……。さすがプロは言《い》うことがちがうのぅ。言葉《ことば》に説得力《せっとくりょく》がある。

さっそく、あたしたちは、大野《おおの》コーチの指示《しじ》を受《う》けながら、センターの彩乃《あやの》に合《あ》わせることを意識《いしき》しておどりはじめた。たしかに、かんたんな動《うご》きでも、ぴったりそろうと見《み》え方《かた》がぜんぜんちがう。

「あら。あなた、いいわね」

練習中《れんしゅうちゅう》、大野《おおの》コーチが、急《きゅう》にあたしを指《ゆび》さした。

「えっ⁉　あたしですか⁉」

「そう。いいわよ、あなた」

「本当《ほんとう》ですかっ⁉　ありがとうございますっ！」

さすが、プロは見《み》る目《め》があるわ！

早乙女《さおとめ》先生《せんせい》は小言《こごと》ばっかりであんまりほめてくれないから、久々《ひさびさ》にほめられて、あたしはすっかり舞《ま》い上《あ》がった。浮《う》かれていつもよりもかろやかにおどるあたしを見《み》て、大野《おおの》コーチが「いい笑顔《えがお》ね！」と、さらにほめてくれる。

うん、やっぱ、あたし、ほめられてのびるタイプ！　大野《おおの》コーチ、最高《さいこう》！

「でも、ひかり、本当《ほんとう》にうまくなったよね」

あたしの横《よこ》でおどっていたあゆみがそう言《い》うと、彩乃《あやの》も笑顔《えがお》で大《おお》きくうなずく。

「うん、ほんとに。笑顔《えがお》だけ、なんて、もう言《い》えないね」

そこまで言《い》われると、なんだか照《て》れくさい。あたしは頭《あたま》をかいて、おどけたように言《い》った。

「そんな、あたしのダンスは全米《ぜんべい》レベルやなんて言《い》われたら照《て》れるわぁ」

「いや、そこまで言《い》ってないし！」

あゆみにつっこまれて、あたしは「てへっ」と舌《した》を出《だ》す。そのようすを見《み》て、彩乃《あやの》がくすくすと笑《わら》いながら言《い》った。

「でも、一年生《ねんせい》の子《こ》たちも言《い》ってたよ。ひかり先輩《せんぱい》、ダンスうまいし、やさしいし、部《ぶ》の雰囲気《ふんいき》も明《あか》るくしてくれるし、大好《だいす》きだって。あと、サッカー部《ぶ》の彼氏《かれし》もかっこよくておにあいだって」

「へっ⁉　彼氏《かれし》⁉　……いや、孝介《こうすけ》はべつにそういうんじゃ……。だいたい、それを言《い》うなら彩《あや》乃《の》やって、みんなのあこがれの的《まと》やし」

部員《ぶいん》たちは、学年関係《がくねんかんけい》なく、みんな仲《なか》がよくて、チームワークも抜群《ばつぐん》。大野《おおの》コーチが来《き》てくれたおかげで技術面《ぎじゅつめん》もばっちり。今《いま》のチアダンス部《ぶ》は、最高《さいこう》の状態《じょうたい》だ。

この分《ぶん》やったら、アメリカにもすぐとどくでの！

あたしがそんなことを思《おも》ったとき、あたしたちのようすを見《み》ていた早乙女先生《さおとめせんせい》が、みんなには聞《き》こえないくらいの小声《こごえ》で、ぽつりとつぶやいた。

「いくら大野《おおの》さんが来《き》てくれても……、このままじゃ、地獄《じごく》ね」

……は？　地獄《じごく》？　こんなに絶好調《ぜっこうちょう》なのに、なにが？

空耳《そらみみ》かと思《おも》って、思《おも》わず早乙女先生《さおとめせんせい》のほうを向《む》いたけど、先生《せんせい》はあいかわらず、鬼《おに》のような顔《かお》で、あたしたちを見《み》つめているだけだった。

11 全国《ぜんこく》大会《たいかい》の壁《かべ》

早乙女先生《さおとめせんせい》の不吉《ふきつ》な言葉《ことば》とは裏腹《うらはら》に、あたしたちはそのあとの福井大会《ふくいたいかい》で、見事《みごと》に優勝《ゆうしょう》した。

去年《きょねん》の福井大会《ふくいたいかい》はボロボロだったけど、今年《ことし》は大会《たいかい》を見《み》にきてくれた孝介《こうすけ》にも、いいところを見《み》せられた。あと、ひっそりと応援《おうえん》にきていた矢代《やしろ》くんにも。

そして、舞台《ぶたい》は全国《ぜんこく》へとうつった。

福井《ふくい》をとびだしたあたしたちは今《いま》、全国大会《ぜんこくたいかい》の会場《かいじょう》である東京《とうきょう》の大《おお》きな体育館《たいいくかん》で、自分《じぶん》たちの出番《でばん》を待《ま》っている。

この全国大会《ぜんこくたいかい》で優勝《ゆうしょう》することができれば、全米大会進出《ぜんべいたいかいしんしゅつ》——つまり、念願《ねんがん》のアメリカに行《い》ける。

「きっと、いけるでの」

ユニフォームの胸元《むなもと》の文字《もじ》は、「FUKUI《フクイ》」から「JETS《ジェッツ》」にかわった。技術面《ぎじゅつめん》もだいぶ進歩《しんぽ》したし、チームワークならほかの学校《がっこう》にも絶対《ぜったい》に負《ま》けない。

今《いま》のあたしたちなら、全国大会《ぜんこくたいかい》だって。

舞台袖《ぶたいそで》で、あゆみが髪《かみ》の毛《け》をさわり、多恵子《たえこ》がほっぺたをふくらませる。みんなが深呼吸《しんこきゅう》をしたとき、アナウンスの声《こえ》がした。

「つぎは、福井県立福井中央高校《ふくいけんりつふくいちゅうおうこうこう》、JETS《ジェッツ》のみなさんです」

ついにあたしたちの出番《でばん》だ。

舞台《ぶたい》に出《で》る前《まえ》、あたしは彩乃《あやの》とみんなに呼《よ》びかけた。

「せっかくやで、かけ声《ごえ》やろっさ。円陣《えんじん》くんで、えいえいおー、みたいなやつ」

みんなで輪《わ》になると、あたしはとなりに立《た》つ彩乃《あやの》に言《い》った。

「彩乃《あやの》、なんか一言《ひとこと》」

「えっ!? えーっと、一年前《ねんまえ》はみんながバラバラになって、もうダメかと思《おも》ったけど、それでもわたしたちは……」

「長《なが》いって！　暗《くら》いし！　もっと明《あか》るく！」

「え、そ、そう？　じゃあ、えっと……今日《きょう》は天気《てんき》もよくて……」

「スピーチかし！」

「で、でも、なんて言《い》えば……」

まよっている彩乃《あやの》にかわって、あたしが声《こえ》をかけた。

「明《あか》るく、素直《すなお》に、美《うつく》しく！」

「えっ、それ!?」

おどろく彩乃《あやの》を見《み》て笑《わら》いながら、みんなで声《こえ》をそろえてさけんだ。

「「レッツゴー、JETS《ジェッツ》！」」

きれいにそろった声《こえ》と、高《たか》くかかげたポンポン。

いきおいよく舞台《ぶたい》にとびだしたあたしたちは、自信《じしん》に満《み》ちた笑顔《えがお》でおどりだした。

★ ★ ♪ ★ ★ ★ ♬

「最《さい》っ高《こう》！　これなら絶対優勝《ぜったいゆうしょう》できるでの！」

舞台《ぶたい》をおりたあたしは、息《いき》を切《き》らしながらさけぶ。

こんなにうまくおどれたのは、はじめてだ。動《うご》きもそろっていたし、ミスもまったくなかった。

福井大会《ふくいたいかい》のときよりも、ずっといいパフォーマンスができた。みんなも満足《まんぞく》そうに笑《え》みを交《か》わしている。もう、優勝《ゆうしょう》まちがいなしだと思《おも》った。

でもなぜか、早乙女先生《さおとめせんせい》だけは、ずっと苦《にが》い顔《かお》をしていた。それこそ、「これじゃあ地獄《じごく》だ」って顔《かお》。

……なんやあのババア、こんなときまで、あんな鬼《おに》みたいな顔《かお》して。心配《しんぱい》せんでも、あたしらのパフォーマンスは完璧《かんぺき》やったって。

ところが――。

「……四位《い》？」

それが、あたしたちが最高《さいこう》のパフォーマンスをしたと思《おも》っていた全国大会《ぜんこくたいかい》の結果《けっか》だった。

うそやろ……？　あんなに完璧《かんぺき》におどれたのに……。

「だれもミスなんてしなかったのに、なんで……？」

「あんなにがんばってダメなら、優勝《ゆうしょう》なんて、絶対無理《ぜったいむり》やよ……」

「……あれで四位《い》って」

もちろん、ショックを受《う》けているのはあたしだけじゃない。控《ひか》え室《しつ》のあちこちから、みんなのくやしそうなつぶやきが聞《き》こえてくる。

しかも、あたしたちより上位《じょうい》だった高校《こうこう》は、おどりおえたとき、決《けっ》して満足《まんぞく》した顔《かお》をしていなかった。本当《ほんとう》はもっとうまくおどれたはずなのに、ってくやしそうな顔《かお》をしていた。

あたしたちは、あまかった。これが、全国大会《ぜんこくたいかい》のレベルなんだ。

「……結局《けっきょく》、わたしらは、福井《ふくい》っていうちっちゃい井戸《いど》のなかの蛙《かわず》やったってことなんかな」

涙目《なみだめ》になった多恵子《たえこ》が、力《ちから》なくつぶやいた。

そんなことないよ、とはだれも言《い》えなかった。まさにみんな、同《おな》じことを考《かんが》えていたから。

ただうつむいてくちびるをかむことしかできないあたしたちを、早乙女先生《さおとめせんせい》は、きびしい表情《ひょうじょう》で見《み》つめて、静《しず》かな声《こえ》で言《い》った。

「落《お》ちこむのはまだ早《はや》いわ」

「……え？」

「本当《ほんとう》の実力差《じつりょくさ》を感《かん》じるのは、これからよ」

その言葉《ことば》どおり、あたしたちはこのあと、もっと大《おお》きなショックを受《う》けることになる。


その日《ひ》の最後《さいご》に、全国大会《ぜんこくたいかい》に参加《さんか》したすべての高校生《こうこうせい》が体育館《たいいくかん》にあつまった。昨年《さくねん》、全米制覇《ぜんべいせいは》したアメリカの女子《じょし》チームによる、エキシビション映像《えいぞう》の上映会《じょうえいかい》だ。

スクリーンにうつしだされたダンスは、すごかった。

アメリカ人《じん》とはいえ、あたしたちと同《おな》じ高校生《こうこうせい》のはずなのに、だれが見《み》てもわかるくらいレベルがちがう。

「すごぉ……。同《おな》じ人間《にんげん》……？」

しなやかでキレのある動《うご》き。はじける笑顔《えがお》。圧倒的《あっとうてき》な表現力《ひょうげんりょく》。彼女《かのじょ》たちのダンスは、ただそろっているだけじゃない。それぞれがかがやいていて、魅力的《みりょくてき》で、一秒《いちびょう》もスクリーンから目《め》がはなせない。

最後《さいご》にセンターの子《こ》がポーズを決《き》めた瞬間《しゅんかん》、ぶわっと鳥肌《とりはだ》が立《た》った。

これが、全米大会《ぜんべいたいかい》……。

あまりの迫力《はくりょく》に、みんな、言葉《ことば》をうしなっていた。

映像《えいぞう》の最後《さいご》に、アメリカチームのインタビュー映像《えいぞう》が流《なが》れた。ミランダという主将《しゅしょう》の女《おんな》の子《こ》が、アナウンサーのインタビューにこたえているようすが、日本語《にほんご》の字幕付《じまくつ》きで大《おお》きなスクリーンにうつしだされる。

『さすが昨年《さくねん》の全米大会《ぜんべいたいかい》を制《せい》した、圧倒的《あっとうてき》なおどりでした』

興奮《こうふん》したアナウンサーの言葉《ことば》にも、ミランダは顔色《かおいろ》ひとつかえない。

『この程度《ていど》のおどりじゃあ、今年《ことし》の全米大会《ぜんべいたいかい》では勝《か》てないわ。まだまだ練習《れんしゅう》が必要《ひつよう》よ』

『日本《にほん》の高校《こうこう》も、一昨年《おととし》、全米《ぜんべい》で三位《い》になりました。ミランダさんから見《み》て、日本《にほん》のチームはどうですか？』

『そうね。日本《にほん》の高校《こうこう》のレベルも上《あ》がってきているとは思《おも》うけど、彼女《かのじょ》たちはただそろってるだけでしょ？　でも、はっきり言《い》わせてもらえば、そろってるのは当《あ》たり前《まえ》。チアダンスは、そのうえでなにを表現《ひょうげん》できるかよ』

そして、ミランダはにっこりとほほえんだ。

あたしの目《め》に、くっきりした字幕《じまく》の文字《もじ》がとびこんでくる。

『アメリカで待《ま》ってるわ――』

12 早乙女先生《さおとめせんせい》二号《ごう》

「ダメ！　ぜんっぜん、ダメ！　それがみんなを応援《おうえん》する笑顔《えがお》なの？　あなたの欠点《けってん》は笑顔《えがお》！　もっとみんなを見習《みなら》って、笑顔《えがお》を研究《けんきゅう》して！」

練習中《れんしゅうちゅう》、彩乃《あやの》が大声《おおごえ》でさけぶと、体育館《たいいくかん》になんだかいやな空気《くうき》がただよう。

「多恵子《たえこ》はもっとどうどうとして！　あゆみは逆《ぎゃく》に、もっと全体《ぜんたい》を見《み》て調和《ちょうわ》を心《こころ》がけて！」

「ちょ……彩乃《あやの》、そういうのやめよっさ。無理《むり》してるって」

あたしがやんわりと止《と》めに入《はい》ろうとしても、彩乃《あやの》はみんなへのきびしい指摘《してき》をやめようとはしない。

「今《いま》のままじゃダメだって、全国大会《ぜんこくたいかい》の日《ひ》、あれほど実感《じっかん》したはずでしょ!?　今《いま》の自分《じぶん》をこえる！　それしかないの！」

いらだったようにさけぶ彩乃《あやの》を見《み》て、あたしはそっとため息《いき》をついた。

もちろん、彩乃《あやの》がこんなふうになったのには、理由《りゆう》がある。

あの全国大会《ぜんこくたいかい》の日《ひ》、あたしたちは、四位《い》という予想外《よそうがい》の結果《けっか》と、アメリカチームのレベルの高《たか》さにすっかりうちのめされた。落《お》ちこむあたしたちに、早乙女先生《さおとめせんせい》はきびしく言《い》いはなった。

「このままじゃ全米制覇《ぜんべいせいは》なんて夢《ゆめ》のまた夢《ゆめ》。これからは、あなたたちがそれぞれの悪《わる》い部分《ぶぶん》を指摘《してき》しあっていきなさい。あなたたちは、仲《なか》がよすぎるの。ただのなかよし軍団《ぐんだん》では、全米制覇《ぜんべいせいは》はできません！」

「でも、そんなことしたら、チームワークが……」

「わたしたちは、文化祭《ぶんかさい》やそこらのホールでおどるためにやってるわけじゃないのよ。心《こころ》を一つにして一生懸命《いっしょうけんめい》がんばりました、だけでは、この圧倒的《あっとうてき》な差《さ》はうめられないの！」

そう言《い》われて、みんなだまりこむ。

たしかに、全米《ぜんべい》のレベルの高《たか》さは、あの日《ひ》、いやというほどわかった。

……だけど、だけどのぅ。

「今《いま》までのやり方《かた》では、永遠《えいえん》にアメリカチームに追《お》いつけない。とんでもない場所《ばしょ》にたどりつく方法《ほうほう》はただ一つ。日々《ひび》のつみかさねよ。今《いま》から、そのための秘密兵器《ひみつへいき》をくばります」

そして先生《せんせい》は、あたしたち全員《ぜんいん》にノートをくばった。秘密兵器《ひみつへいき》なんて言《い》うから、どんなすごいものが出《で》てくるのかと思《おも》ったら、どう見《み》ても、ただの新品《しんぴん》のノートだ。

「なんですか、これ」

「夢《ゆめ》ノートよ。ここに自分《じぶん》の大《おお》きな夢《ゆめ》を書《か》いて、それを達成《たっせい》するためになにをすればいいか、学年《がくねん》、一ケ月《かげつ》、一週間《しゅうかん》、一日単位《にちたんい》で書《か》きこんでいくの」

いや、そんなめんどうなことして、なんの意味《いみ》があるんやし！　ノート書《か》いてアメリカ行《い》けるなら苦労《くろう》せんわ！

あたしはあまり乗《の》り気《き》じゃなかったのだけど、まじめな彩乃《あやの》や唯《ゆい》は、もらったばかりの夢《ゆめ》ノートをまじまじと見《み》つめていた。


そしてそれ以来《いらい》、彩乃《あやの》はかわった。

これまでは、どんなにミスをした部員《ぶいん》にも、笑顔《えがお》で「気《き》にしないで！」とやさしいフォローを入《い》れていたのに、最近《さいきん》は、細《こま》かいミスもばんばん注意《ちゅうい》していく。

「一年生《ねんせい》、同《おな》じ単純《たんじゅん》なミスをくりかえすのは、集中力《しゅうちゅうりょく》が足《た》りない証拠《しょうこ》！　やる気《き》がないなら、ぬけなさい！」

体育館《たいいくかん》にひびく彩乃《あやの》の怒鳴《どな》り声《ごえ》。

あんなにやさしかった彩乃《あやの》は、あっという間《ま》に、鬼《おに》の指導者《しどうしゃ》、早乙女先生《さおとめせんせい》二号《ごう》になった。

でも、そうなってくると、もちろん、部員《ぶいん》のなかには、彩乃《あやの》に対《たい》して不満《ふまん》を持《も》つ子《こ》も出《で》てくる。

一年生《ねんせい》たちも、彩乃《あやの》のことをだんだん「怖《こわ》い先輩《せんぱい》」と思《おも》いはじめている。

チアダンス部《ぶ》の空気《くうき》はどんどん暗《くら》くなっていくし、このままじゃ、彩乃《あやの》がチアダンス部《ぶ》のなかで孤立《こりつ》してしまう。あたしは、すごく心配《しんぱい》だった。

だけど、当《とう》の彩乃《あやの》はそんなことを気《き》にするようすもなく、今日《きょう》も部員《ぶいん》たちの短所《たんしょ》をびしばしときびしく指摘《してき》していく。

そしてもちろん、そのほこ先《さき》はあたしにも向《む》くわけで。

「ひかりはもっと欲《よく》を持《も》って！　欲《よく》がないのがひかりの欠点《けってん》！　だれかを押《お》しのけてでもいいから、前《まえ》に出《で》て！」

「……いや、そんな。あたしはみんなと楽《たの》しくおどれれば」

あたしが笑《わら》いながらそう言《い》うと、彩乃《あやの》はむっとしたような表情《ひょうじょう》になった。

「それって、楽《らく》してるだけじゃない」

「えっ……？」

「いいよね。はしっこで笑《わら》ってるだけでいいんだから。傷《きず》つかないしね」

彩乃《あやの》にそう言《い》われた瞬間《しゅんかん》、あたしはドキッとしてだまりこんだ。

まるでなにかを見《み》すかされてるみたいで、くやしいような、はずかしいような、もやもやした気《き》持《も》ちが胸《むね》のなかに広《ひろ》がっていく。

どうしていいかわからなくて、あたしは思《おも》わず彩乃《あやの》をにらみつけた。

でも、彩乃《あやの》は一歩《いっぽ》も引《ひ》かなかった。同《おな》じようにまっすぐ、あたしをにらみかえしてくる。

今《いま》まで彩乃《あやの》とこんなふうにぶつかったことなんて、一度《いちど》もなかったのに。もうやめよっさ、こんなの。らしくないって。こんなケンカして、なんの意味《いみ》があるんやって。

そう言《い》いたかったけど、彩乃《あやの》の顔《かお》を見《み》ていたら、なにも言《い》えなくなった。

しばらくあたしをにらんでいた彩乃《あやの》は、やがてぷいっとあたしに背中《せなか》を向《む》けると、一人《ひとり》で練習《れんしゅう》をはじめた。お手本《てほん》のように完璧《かんぺき》な彩乃《あやの》のダンス。

あたしは、そんな彩乃《あやの》の背中《せなか》を、どこか複雑《ふくざつ》な気持《きも》ちでながめていた。


つぎの日《ひ》になっても、あたしと彩乃《あやの》のあいだには、やっぱり気《き》まずい空気《くうき》がただよっていた。目《め》が合《あ》っても、なんとなくそらしてしまう。

結局《けっきょく》、彩乃《あやの》と一言《ひとこと》も口《くち》をきかないまま、体育館《たいいくかん》での全体練習《ぜんたいれんしゅう》がはじまったとき、急《きゅう》に早乙女《さおとめ》先生《せんせい》があたしに声《こえ》をかけてきた。

「ひかり。ちょっとセンターに入《はい》ってみて」

「はぁ？　なに言《い》ってるんですか？　センターは彩乃《あやの》で……」

「いいから。一度《いちど》、彩乃《あやの》と交代《こうたい》して、おどってみて」

ふしぎに思《おも》いつつも、彩乃《あやの》と場所《ばしょ》をかわって、センターでおどってみた。

いつもとポジションがちがうだけでも落《お》ちつかないのに、センターに立《た》つと、いつも見《み》ている彩乃《あやの》の背中《せなか》が見《み》えない。だれの背中《せなか》も見《み》ずにおどることが、こんなに不安《ふあん》だなんて、知《し》らなかった。

なんとか一曲《きょく》おどりきったあと、あたしはおどけて笑《わら》いながらもとの位置《いち》にもどった。

「やっぱセンターは彩乃《あやの》やわ。あたしごときは退散《たいさん》しまーす」

みんなも笑《わら》うだろうと思《おも》っていたのに、だれも笑《わら》わなかった。みんな、だまったままあたしを見《み》ている。彩乃《あやの》も、じっとあたしを見《み》つめている。

……え？　なに？　この空気《くうき》。

あたしがこまり果《は》てていると、唯《ゆい》が突然《とつぜん》、あたしに向《む》かって真顔《まがお》で言《い》った。

「センターはひかりやと思《おも》う」

「えっ!?」

そんな、まさか。そんな冗談《じょうだん》、唯《ゆい》らしくもない。

「ひかりのセンター、意外《いがい》とイケてると思《おも》う」

「わたしもそう思《おも》う……」

あゆみや多恵子《たえこ》まで！

「いやいやいや！　あたしがセンターなんて、そんな……」

あたしの言葉《ことば》をさえぎるように、唯《ゆい》が、ちらりと彩乃《あやの》のほうを見《み》てつぶやいた。

「彩乃《あやの》はすべてが完璧《かんぺき》やけど、完璧《かんぺき》すぎると思《おも》う。まるでロボットみたい」

そんな言《い》い方《かた》しなくても……。あたしのセンターが悪《わる》くないと言《い》ってもらえるのはうれしいけど、それはいくらなんでも、彩乃《あやの》がかわいそうだ。

でも、彩乃《あやの》も、ほかのみんなも、一言《ひとこと》も言《い》いかえさなかった。

体育館《たいいくかん》に、痛《いた》いくらいの沈黙《ちんもく》がおとずれる。彩乃《あやの》はうつむいたまま立《た》ちつくしている。

「……笑顔《えがお》の練習《れんしゅう》してくるわ」

気《き》まずい空気《くうき》のなか、唯《ゆい》がそう言《い》って、体育館《たいいくかん》を出《で》ていった。あたしはあわててそのうしろ姿《すがた》を追《お》いかけて、体育館《たいいくかん》の外《そと》で唯《ゆい》につめよる。

「ちょっと、唯《ゆい》！　さっきのあれはないって！」

まさか唯《ゆい》があんなこと言《い》うとは思《おも》わなかった。

「最近《さいきん》、彩乃《あや の》がきびしいから、しかえしってこと？　それにしたって、あんな言《い》い方《かた》……」

あたしがそう言《い》うと、唯《ゆい》は首《くび》を横《よこ》にふって、落《お》ちついた声《こえ》でこたえる。

「きっと彩乃《あやの》も、だれかに言《い》うだけじゃなくて、だれかに言《い》ってほしいはずやから」

そう言《い》った唯《ゆい》の顔《かお》に、まよいはなかった。そのときのあたしには、正直《しょうじき》、唯《ゆい》の言《い》った言葉《ことば》の意《い》味《み》は、いまいちわからなかった。

だけど、唯《ゆい》といっしょに体育館《たいいくかん》にもどったとき、あゆみと多恵子《たえこ》が、彩乃《あやの》に向《む》かって、熱心《ねっしん》になにかを話《はな》しているのが目《め》に入《はい》った。

「もっと、自分《じぶん》をくずしてもいいんじゃないかな、彩乃《あやの》は」

「彩乃《あやの》は、みんなのためを思《おも》いすぎやって。心《こころ》からおどりを楽《たの》しんでや」

「そやそや、そのやさしさが彩乃《あやの》の欠点《けってん》！」

二人《ふたり》にそう言《い》われた彩乃《あやの》は――ほほえんだ。

「……ありがとう」

そう言《い》って、とてもうれしそうに。

そのとき、ふっと、ほかの一年生《ねんせい》と話《はな》す、後輩《こうはい》の絵里《えり》ちゃんの声《こえ》が聞《き》こえてきた。

「のぅ、わたしの欠点《けってん》もどんどん言《い》って。先輩《せんぱい》らみたいに」

気《き》づけば、ほかの部員《ぶいん》や後輩《こうはい》たちも、おたがいの欠点《けってん》を指摘《してき》しあっている。それを見《み》て、あたしのとなりで唯《ゆい》が小《ちい》さく笑《わら》った。


その日《ひ》の帰《かえ》り、あたしと彩乃《あやの》は、二人《ふたり》で川沿《かわぞ》いの道《みち》を歩《ある》いていた。学校《がっこう》の外《そと》で彩乃《あやの》と二人《ふたり》きりになるのは、ずいぶんひさしぶりだ。

あたしの頭《あたま》のなかには、今日《きょう》の練習中《れんしゅうちゅう》のことがずっとぐるぐるとうずまいている。

「のぅ、彩乃《あやの》」

「なに？」

「彩乃《あやの》が言《い》ったとおりだよ。あたしは、自分《じぶん》が傷《きず》つきたくないだけ……。本当《ほんとう》は、嫌《きら》いやよ、そんな自分《じぶん》が」

一度似《いちどに》あわないセンターポジションに立《た》ってみて、よくわかった気《き》がする。

これまで自分《じぶん》が、はしっこでだれかに合《あ》わせて楽《らく》をしてきたこと。傷《きず》つかないように、自分《じぶん》の気持《きも》ちをずっとごまかしていたこと。

あたしはずっと、部《ぶ》の空気《くうき》がギスギスするのはいやだって思《おも》ってた。ただ、なかよく楽《たの》しくやれれば、それでいいのに、って。

でも、全米制覇《ぜんべいせいは》を成《な》しとげるためには、きっと、それだけじゃダメなんだ。みんなはそれを知《し》っていた。あたしだって、本当《ほんとう》は知《し》っていたのかもしれない。知《し》っていて、気《き》づかないふりをしていた。本気《ほんき》になって、傷《きず》つくのが、こわかったから。

あたしは、彩乃《あやの》の顔《かお》じゃなくて、そばを流《なが》れる川《かわ》の水面《みなも》を見《み》ながら言《い》った。

「でも……あたし、こういうふうにしかできん。いるんやよ、生《う》まれつき、中心《ちゅうしん》になれる人《ひと》となれん人《ひと》が」

落《お》ちた葉《は》っぱが川《かわ》の流《なが》れにのって、どこまでも流《なが》されていくみたいに、あたしも、まわりの流《なが》れにのっかっていくしかない。

あたしはやっぱり、彩乃《あやの》みたいにはなれない。

あたしの言葉《ことば》を聞《き》いた彩乃《あやの》は、しばらくだまりこんでいたけど、やがて、ぽつりとひとりごとみたいに言《い》った。

「努力《どりょく》してもダメなことって、あると思《おも》う。でも、努力《どりょく》しつづけるしかないんだよ」

そして彩乃《あやの》は、あたしに向《む》きなおって言《い》った。

「ひかり。わたしは、おどりたい。アメリカでおどりたい」

彩乃《あやの》の真剣《しんけん》な顔《かお》を見《み》て、あたしはだまりこんだ。

……あたしは、どうなんだろう？

彩乃《あやの》のようになれないあたしに、同《おな》じことが言《い》えるだろうか。

彩乃《あやの》が言《い》った言葉《ことば》の意味《いみ》も、自分《じぶん》の本当《ほんとう》の気持《きも》ちも、まだよくわからなかったけど——強《つよ》い決《けっ》意《い》を感《かん》じる彩乃《あやの》の言葉《ことば》に、あたしは小《ちい》さくうなずいた。

そして数日後《すうじつご》、大野《おおの》コーチのアドバイスで、あたしたちのダンスは、前《まえ》よりもむずかしい技《わざ》を取《と》り入《い》れたものになった。とくにセンターには、これまで以上《いじょう》に高《たか》いダンスの技術《ぎじゅつ》がもとめられる。

その結果《けっか》、彩乃《あやの》がセンターにもどることになって、あたしはまた、はしっこのポジションになった。やっぱりセンターは彩乃《あやの》のほうがしっくりくるし、これでよかったんだと思《おも》う。

だけど、あたしは、ただ「前《まえ》と同《おな》じ場所《ばしょ》」にもどったわけじゃない。

ポジションをかわるとき、あたしは彩乃《あやの》に向《む》かって笑顔《えがお》で言《い》った。

「彩乃《あやの》。あたし、はしっこでも、センターのつもりでおどるでの！」

センターだろうがはしっこだろうが、中心《ちゅうしん》になれる人《ひと》だろうがなれない人《ひと》だろうが、そんなこと、関係《かんけい》ない。

とにかくあたしは、今《いま》のあたしにできることを、せいいっぱいやる。

そして、みんなといっしょに、アメリカをめざす。そう決《き》めた。

こうしてあたしたちは、とうとう高校生活最後《こうこうせいかつさいご》の三年目《ねんめ》をむかえるのだけど――。

「ひかり！　だいじょうぶ!?　ひかり！」

それはあたしにとって、波乱《はらん》の幕開《まくあ》けになった。

3 年《ねん》目《め》

涙《なみだ》と覚《かく》悟《ご》の先《さき》に

13 全治《ぜんち》二ケ月《かげつ》のケガ

「ひざやっつんた。全治《ぜんち》二ケ月《かげつ》。いぇい！」

松葉杖《まつばづえ》をつきながら、ピースして、から元気《げんき》で笑《わら》ってみせる。ちなみに、「やっつんた」というのは「やってしまった」という意味《いみ》の福井弁《ふくいべん》だ。つまり、ひざをケガしてしまいました、ってこと。

三年《ねん》になってすぐ、あたしは練習中《れんしゅうちゅう》にひざを痛《いた》めた。しばらくは歩《ある》くことさえままならない。もちろん、チアダンスなんてもってのほか。

ケガをした翌日《よくじつ》の朝《あさ》、登校《とうこう》して自分《じぶん》の教室《きょうしつ》に入《はい》ったら、あたしを心配《しんぱい》したチアダンス部《ぶ》の子《こ》たちがあつまっていた。後輩《こうはい》たちも、朝《あさ》からわざわざ三年《ねん》の教室《きょうしつ》まで来《き》てくれたらしい。

松葉杖《まつばづえ》で歩《ある》くあたしの姿《すがた》を見《み》た部員《ぶいん》たちは、みんな、気《き》まずそうにうつむいている。

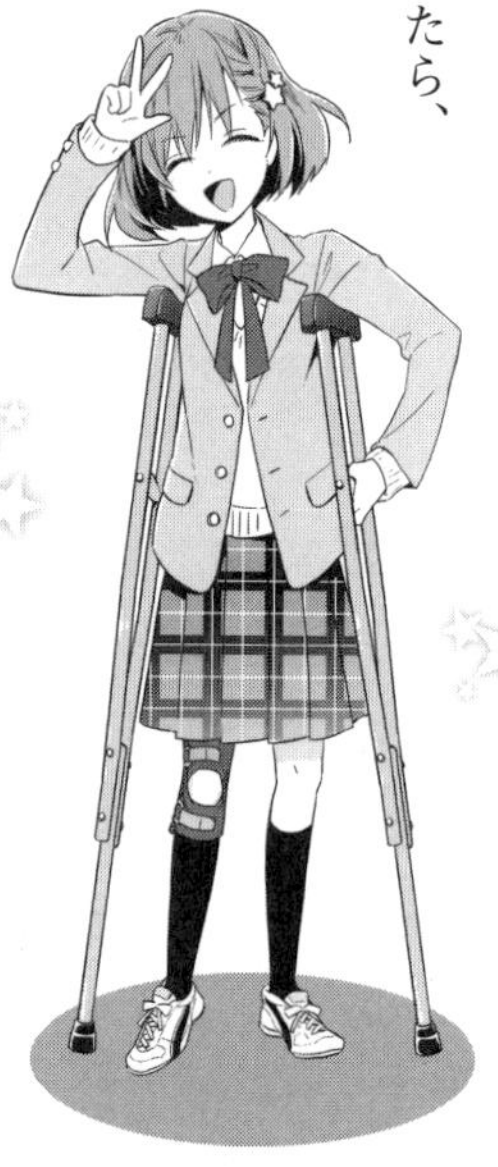

「ひかり……」

「ちょっとちょっと、なんて顔《かお》してるんや！　それじゃあ、みんなのほうが重傷《じゅうしょう》みたいやって！」

せっかく明《あか》るい笑顔《えがお》で冗談《じょうだん》っぽく言《い》ったのに、だれも笑《わら》ってくれなかった。

「だいじょうぶやって。ダンスはできないけど、部活《ぶかつ》には毎日参加《まいにちさんか》するし、アドバイスとか、できることするでの。ほら、一時間目《じかんめ》の授業《じゅぎょう》、はじまってまうよ。みんな、自分《じぶん》の教室《きょうしつ》にもどらんと！」

明《あか》るくそうは言《い》ったけど、本当《ほんとう》は、あたしも不安《ふあん》だった。

あたしたちももう三年生《ねんせい》。今年《ことし》は、高校生活最後《こうこうせいかつさいご》の一年《ねん》だ。つまり今年《ことし》が、全米大会《ぜんべいたいかい》をめざす、ラストチャンス。こんな大事《だいじ》なときにおどれないのが、もどかしくてしかたなかった。


そして、この大事《だいじ》な時期《じき》にピリピリしているのは、あたしだけじゃない。

最近《さいきん》、彩乃《あやの》や唯《ゆい》は、大会《たいかい》に向《む》けて、ますますきびしさを増《ま》している。

「ストップ。あなたたち、ちょっとうまいからって、調子《ちょうし》にのってない？　あなたたちのかわりなんていくらでもいるのよ。ぬけて。一年生《ねんせい》と交代《こうたい》」

体育館《たいいくかん》での全体練習中《ぜんたいれんしゅうちゅう》、彩乃《あやの》がぴしゃりと言《い》いはなつ。しかられた二年生《ねんせい》の二人《ふたり》が、うつむいてラインダンスの列《れつ》からぬけた。

かと思《おも》ったら、今度《こんど》は唯《ゆい》が、べつの後輩《こうはい》をじろりとにらむ。

「笑顔《えがお》がかたい。ぜんぜんダメ。外《そと》で練習《れんしゅう》してきて」

唯《ゆい》にきっぱりそう言《い》われて、一年生《ねんせい》がちょっと不満《ふまん》げな顔《かお》で体育館《たいいくかん》の外《そと》へ出《で》ていく。

ずっといっしょにやってきたあたしには、彩乃《あやの》や唯《ゆい》の気持《きも》ちがとてもよくわかる。三年生《ねんせい》にとっては、今年《ことし》がラストチャンスだ。練習《れんしゅう》で手《て》をぬいて、後悔《こうかい》したくない。自分《じぶん》たちにはもちろん、自然《しぜん》と後輩《こうはい》たちにもきびしくなる。

でも、きびしいことを言《い》われて、とまどったり、落《お》ちこんだりする後輩《こうはい》たちの気持《きも》ちも、あたしには、痛《いた》いくらいよくわかる。あたしだって、部《ぶ》の落《お》ちこぼれだったんだから。

練習《れんしゅう》を見学《けんがく》していたあたしは、松葉杖《まつばづえ》をつきながら、さっきしかられていた後輩《こうはい》たちに近《ちか》づいて、そっと声《こえ》をかけた。

「彩乃《あやの》は、みんなにもっとうまくなってほしいんやよ。それに、唯《ゆい》も最初《さいしょ》は笑顔《えがお》ができんかったんやよ。だから、あなたたちも、だいじょうぶ。できる」

すると、横《よこ》に立《た》って練習《れんしゅう》を見《み》ていた早乙女先生《さおとめせんせい》が、あたしのほうをあきれ顔《がお》で見下《みお》ろして言《い》った。

「ひかり。そういうの、いいから」

「でも――」

「あなたがいると、もとのなかよし地獄《じごく》にもどってしまうの。帰《かえ》って！」

結局《けっきょく》、あたしがいちばんきびしいことを言《い》われて、練習《れんしゅう》の輪《わ》どころか、部活《ぶかつ》から追《お》いだされてしまった。

松葉杖《まつばづえ》をつきながら一人《ひとり》で歩《ある》く帰《かえ》り道《みち》は、いつもより何倍《なんばい》も長《なが》く感《かん》じる。

あたしがこうしてノロノロと川沿《かわぞ》いの道《みち》を歩《ある》いているあいだも、みんなはどんどんダンスが上達《じょうたつ》しているんだと思《おも》うと、くやしくてしかたない。

それに、「帰《かえ》って」と言《い》ったときの、あの早乙女先生《さおとめせんせい》の鬼《おに》のような顔《かお》！　思《おも》いだすだけで、ほんっとうにむかつく！

「あの人《ひと》には、やさしさとか、他人《たにん》を思《おも》う気持《きも》ちとか、そういうもんがないんかし……！」

家《いえ》に帰《かえ》ったあと、あたしは、なんだかむしゃくしゃして、夢《ゆめ》ノートをひらいた。そしてそこに、ひっかくようにするどく、大《おお》きな文字《もじ》で書《か》きつけた。

あんな大人《おとな》には、絶対《ぜったい》ならない！

「……ってか、あたしのノート、先生《せんせい》へのグチばっかりやし」

あらためてノートを見《み》かえすと、「地獄地獄《じごくじごく》ってうるさい」とか「教師失格《きょうししっかく》！」とか「やさしかった彩乃《あやの》をかえして」とか、その日《ひ》のイライラをそのままぶつけたような文字《もじ》がならんでいる。

でも、ノートにならぶ力《ちから》まかせの文字《もじ》を見《み》ながら、ふっと思《おも》いだした。練習《れんしゅう》でつかれきったみんなに、先生《せんせい》が言《い》っていたこと。

——さらに上《うえ》に行《い》こう。その先《さき》に行《い》こう。限界《げんかい》こえよう。とんでもない場所《ばしょ》にたどりつこう。

あたしたち、JETS《ジェッツ》がね！

先生《せんせい》にそう言《い》われたみんなは、苦《くる》しそうだったけど、大《おお》きな声《こえ》で「はい！」と返事《へんじ》をしていた。

自分《じぶん》たちの目標《もくひょう》のためには、どんなつらさも乗《の》りこえてやるって、そんな気合《きあ》いに満《み》ちていた。

「……あたしもおどりたい。とんでもない場所《ばしょ》で」

思《おも》うように動《うご》かない自分《じぶん》の足《あし》にそっとふれて、あたしは夢《ゆめ》ノートに、赤《あか》いペンで、さっきより大《おお》きく書《か》きこんだ。


あたしも絶対《ぜったい》アメリカに行《い》く。

みんながすごいがんばってた。だからこそくやしいと思《おも》った。

一日《いちにち》でも早《はや》く治《なお》して、JETS《ジェッツ》としてみんなとおどりたい。

あー!!!　思《おも》いっきりおどりたい!!

14 前《まえ》みたいにおどれない！

それから、約《やく》二ヶ月《かげつ》。おどれないこの期間《きかん》は、本当《ほんとう》に長《なが》かった。でも、すっかり春《はる》も終《お》わって、夏《なつ》になったころ、ようやくお医者《いしゃ》さんからもオッケーが出《で》て、あたしはチアダンス部《ぶ》に復帰《ふっき》することになった。

「おまたせ、みんな！　友永《ともなが》ひかり、完全復活《かんぜんふっかつ》！」

ひさしぶりに練習用《れんしゅうよう》の服《ふく》に着《き》がえて、体育館《たいいくかん》に立《た》ったあたしが笑顔《えがお》でそう言《い》うと、みんなも自分《じぶん》のことのようによろこんでくれた。

「ひかり、待《ま》ってたよ！」

「やっぱりひかりがいないと、ＪＥＴＳ《ジェッツ》って感《かん》じがせんのやって」

「そやそや！　一人《ひとり》欠《か》けるだけでこんなにちがうんやーって感《かん》じ」

「いやー、大《おお》げさやって」

なんて、口《くち》では言《い》ったけど、こんなにみんなに持《も》ちあげられると、悪《わる》い気《き》はしない。

さっそく、うきうきしながら、二ヶ月《かげつ》ぶりに自分《じぶん》のポジションに入《はい》って、みんなといっしょにおどりはじめた。

ああ、やっぱり、おどれるって最高《さいこう》！

これでやっと、あたしもみんなといっしょに全米大会《ぜんべいたいかい》に向《む》けてがんばれる！

と、思《おも》ったのだけど――。

「ねえ、ひかり……」

「……いや、わかっ、て、るっ……て……」

気《き》づかうような声《こえ》で呼《よ》びかける多恵子《たえこ》に、息《いき》を切《き》らしながらこたえる。

みんなが不安《ふあん》げにこっちを見《み》ているのがわかった。だけどあたしは、ハァハァと肩《かた》で息《いき》をするばっかりで、返事《へんじ》もできない。

一曲《きょく》おどっただけで、とてもよくわかった。あたしだけ、動《うご》きが明《あき》らかにおそい。

この二ヶ月《かげつ》も、練習《れんしゅう》を見学《けんがく》したり、イメージトレーニングをしたり、できることはやってきたつもりだった。

でも、この二ヶ月《かげつ》でぐんと上達《じょうたつ》したみんなの動《うご》きに、ぜんぜんついていけない。一度《いちど》おくれはじめると、そこからどんどん、みんなと動《うご》きがずれていく。

そして、一曲《きょく》おどりきるころには、完全《かんぜん》に体力《たいりょく》を消耗《しょうもう》してしまう。

……二ケ月《かげつ》のブランクが、こんなに大《おお》きなものだなんて。もう全国大会《ぜんこくたいかい》まで時間《じかん》がないのに。

だけど、どうしても心《こころ》に体《からだ》がついていかない。

バテてすわりこんでいるあたしを見下《みお》ろして、早乙女先生《さおとめせんせい》が静《しず》かな声《こえ》で言《い》った。

「一人《ひとり》でもレベルの低《ひく》い人《ひと》がいると、調和《ちょうわ》がみだれてしまうの」

そのまよいのない言葉《ことば》が、あたしの胸《むね》をまっすぐにつき刺《さ》す。

ぬぐいきれなかった汗《あせ》が、ひたいから流《なが》れおちた。

先生《せんせい》がつぎに言《い》う言葉《ことば》は、わかっていた。

耳《みみ》をふさぎたい気分《きぶん》だった。その場《ば》から走《はし》ってにげたい気分《きぶん》だった。

だけど、あたしはなにもできなかった。

「ひかり、はずれて。全国大会《ぜんこくたいかい》は、あなた抜《ぬ》きでおどります」

先生《せんせい》の言葉《ことば》を聞《き》いて、みんなが気《き》まずそうに顔《かお》をふせる。だけど先生《せんせい》は、ぱんぱんと手《て》をたたいて、みんなを見《み》まわした。

「ほら、なにしてるの！　早《はや》く練習《れんしゅう》にもどりなさい！」

「……はい」

みんなが弱々《よわよわ》しい声《こえ》で返事《へんじ》をして、また練習《れんしゅう》にもどっていく。早乙女先生《さおとめせんせい》は、すずしい顔《かお》でストレッチをしながら、みんなの練習《れんしゅう》をながめている。まるで、あたしなんてこの場《ば》にいないみたいに。

「大会《たいかい》に出《で》る人《ひと》だけポジションについて！　ほら、グズグズしない！」

あたしが動《うご》けずにいると、早乙女先生《さおとめせんせい》がこっちをちらりと見《み》て、さっきよりもさらにとがった声《こえ》で言《い》った。

「おどれない人《ひと》がそこにいると、みんなの気《き》が散《ち》るわ」

そう言《い》われたあたしは、うつむいてだまったまま、そっと体育館《たいいくかん》を出《で》た。放課後《ほうかご》で人気《ひとけ》のない静《しず》かな廊下《ろうか》に、自分《じぶん》の足音《あしおと》がやけに大《おお》きくひびく。

全国大会《ぜんこくたいかい》でみんなといっしょにおどれないなんて、いやだ。でも、みんなはやさしいから、あたしがいたら、あたしに気《き》を遣《つか》って、練習《れんしゅう》に集中《しゅうちゅう》できなくなるかもしれない。あたしがみんなの足《あし》を引《ひ》っぱったせいで、もし全米大会《ぜんべいたいかい》に行《い》けなくなったら？

早乙女先生《さおとめせんせい》が言《い》ったとおり、今《いま》のあたしがいたら、ＪＥＴＳ《ジェッツ》はダメになる――。

「ひかり！　待《ま》って！」

突然《とつぜん》、うしろから、腕《うで》をつかまれた。ふり向《む》くと、彩乃《あやの》が泣《な》きそうな顔《かお》をして、あたしの腕《うで》をつかんでいた。

彩乃《あやの》は、あたしを見《み》つめたまま、こまったようにだまりこんでいる。なにか言《い》いたい、でも、かける言葉《ことば》が見《み》つからない、って顔《かお》だ。

……やっぱりやさしいのぅ、彩乃《あやの》は。

彩乃《あやの》がそんな泣《な》きそうな顔《かお》をするから、あたしは逆《ぎゃく》に泣《な》けなくなった。

あたしは、腕《うで》をつかんでいた彩乃《あやの》の手《て》をそっとほどいて、笑《わら》った。いつか彩乃《あやの》にも、「笑顔《えがお》だけはよかった」とほめられた、得意《とくい》の笑顔《えがお》。

「なにそんな顔《かお》してるんや。大会《たいかい》に出《で》られんくても、あたし、みんなといっしょにおどってるつもりやで。目標《もくひょう》はアメリカやよ！」

いつもの明《あか》るい声《こえ》で言《い》いきったあたしは、彩乃《あやの》に背《せ》を向《む》けて一人《ひとり》で歩《ある》きだした。

「あたし、着《き》がえて先《さき》に帰《かえ》るでの。おつかれー！」

「ひかり……っ……！」

彩乃《あやの》は、なにか言《い》いかけたけど、とちゅうで言葉《ことば》を飲《の》みこんで、追《お》いかけてはこなかった。

そのやさしさがまた、胸《むね》の傷《きず》にしみる。

……だいじょうぶ。泣《な》くもんか。絶対《ぜったい》に、泣《な》くもんか。

あたしはくちびるをかんで、涙《なみだ》をこぼさないよう、必死《ひっし》にこらえて歩《ある》いた。

着《き》がえをすませて、足早《あしばや》に学校《がっこう》を出《で》ようとしたとき、グラウンドのそばに、孝介《こうすけ》が立《た》っているのに気《き》づいた。

孝介《こうすけ》は、グラウンドのまわりにあるフェンスに手《て》をかけて、じっとサッカー部《ぶ》の練習風景《れんしゅうふうけい》を見《み》つめている。

「あれ、ひかり？」

あたしに気《き》づいた孝介《こうすけ》が、「おまえも帰《かえ》りか」と軽《かる》く手《て》をあげる。

「孝介《こうすけ》、こんな時間《じかん》までなにしてたの」

「べつになにも。でも、なんとなく、来《き》てまうんやの」

そう言《い》って小《ちい》さく笑《わら》うと、孝介《こうすけ》はまたグラウンドを見《み》やった。

結局《けっきょく》、サッカー部《ぶ》は全国大会《ぜんこくたいかい》へ行《い》けなかった。最後《さいご》の試合《しあい》を終《お》えた孝介《こうすけ》は、もう部活《ぶかつ》を引退《いんたい》している。

それでもこうして孝介《こうすけ》がグラウンドを見《み》つめているのは、きっと孝介《こうすけ》にも、くやしくてやりきれない思《おも》いがあるからなのだと思《おも》う。

遠《とお》くを見《み》つめる孝介《こうすけ》の横顔《よこがお》は、いつもよりどこか大人《おとな》びて見《み》える。なんとなく見《み》とれていたら、孝介《こうすけ》が、ふっと目線《めせん》を下《さ》げて、あたしの顔《かお》を見《み》た。

目《め》が合《あ》ってドキッとしたあたしは、とっさに、なにかをごまかすように明《あか》るく言《い》った。

「孝介《こうすけ》……、遊《あそ》び行《い》く？」

でも孝介《こうすけ》は、首《くび》を横《よこ》にふって、さらりと言《い》った。

「おまえの大会《たいかい》が終《お》わってからの」

……やだな。そんなこと言《い》うの、やめてよ。孝介《こうすけ》は知《し》らないだろうけど、あたし、大会《たいかい》、出《で》られんくなったんやよ。もうみんなといっしょにおどれんのやよ。

あたしがなにも言《い》えずにうつむいていると、急《きゅう》に孝介《こうすけ》が、いつになくまじめな声《こえ》で言《い》った。

「俺《おれ》は負《ま》けて、全国大会《ぜんこくたいかい》に出《で》る夢《ゆめ》はかなわんかったけど、この三年間《ねんかん》がむだやったとは思《おも》わん」

「えっ……？」

思《おも》わず顔《かお》を上《あ》げると、孝介《こうすけ》がまっすぐにあたしを見《み》つめていた。

「今度《こんど》は、俺《おれ》が応援《おうえん》するわ、おまえを」

だって、おまえの夢《ゆめ》は、まだ終《お》わっていないんだから――そう言《い》われているような気《き》がした。

その言葉《ことば》に、あたしは今度《こんど》こそ本気《ほんき》で泣《な》きそうになって、ぎゅっとくちびるをかみしめた。

15

ラストチャンス、レッツダンス！

チアダンス部《ぶ》、全国大会優勝《ぜんこくたいかいゆうしょう》！

入学《にゅうがく》してすぐに見《み》あげたほかの部活《ぶかつ》の垂《た》れ幕《まく》よりも、ずっと大《おお》きな垂《た》れ幕《まく》が、校舎《こうしゃ》から下《さ》がっている。

「……すごいの」

あたしは教室《きょうしつ》の窓《まど》から、秋《あき》の風《かぜ》にゆれる垂《た》れ幕《まく》をながめて、しみじみとつぶやいた。でもその言葉《ことば》の意味《いみ》は、入学《にゅうがく》したころとは少《すこ》しちがう。

そのとき、外《そと》から吹奏楽部《すいそうがくぶ》の演奏《えんそう》する陽気《ようき》なマーチがきこえてきた。

窓《まど》から半分身《はんぶんみ》をのりだして下《した》を見《み》ると、中庭《なかにわ》で、「チアダンス部《ぶ》の全米大会出場《ぜんべいたいかいしゅつじょう》を祝《いわ》う会《かい》」がおこなわれている。大《おお》きなくす玉《だま》がわれて、「おめでとう！」と書《か》かれた半紙《はんし》がとびだし、紙《かみ》吹雪《ふぶき》が舞《ま》いちる。うれしそうな彩乃《あやの》のスピーチに、お祝《いわ》いにあつまった生徒《せいと》たちが大《おお》きな拍手《はくしゅ》を送《おく》っていた。

真美《まみ》や由美《ゆみ》に「イケてない」と言《い》われていた部《ぶ》とは思《おも》えない、夢《ゆめ》のような光景《こうけい》だ。

季節《きせつ》はもう、秋《あき》から冬《ふゆ》に向《む》かっていた。あれからJETS《ジェッツ》は、あたし抜《ぬ》きで挑《いど》んだ全国大会《ぜんこくたいかい》で、優勝《ゆうしょう》を果《は》たした。

結果《けっか》を出《だ》したことで、学校《がっこう》にもテレビ福井《ふくい》の取材《しゅざい》が入《はい》った。すると、チアダンス部《ぶ》の存続《そんぞく》にさえ反対《はんたい》していた教頭先生《きょうとうせんせい》が、手《て》のひらをかえしたように「わたしは最初《さいしょ》から期待《きたい》していた。信《しん》じていました」なんて言いはじめたのには、あたしたちも早乙女先生《さおとめせんせい》もあきれかえった。

生徒《せいと》たちだって、これまではチアダンス部《ぶ》のことなんて気《き》にもしていなかったのに、今《いま》では廊下《ろう》ですれちがうだけで「応援《おうえん》してます」とか「がんばって」とか、声《こえ》をかけてくれる。

チアダンス部《ぶ》はもう、学校《がっこう》じゅうの注目《ちゅうもく》の的《まと》だ。

だけど、チアダンス部《ぶ》が祝福《しゅくふく》されればされるほど、あたしは——あたしだけは、やるせない気《き》持《も》ちでいっぱいになる。

あの全国大会《ぜんこくたいかい》の日《ひ》、あたしは舞台《ぶたい》に立《た》てなかった。

——いけるって。いけるでの。みんななら、絶対《ぜったい》、だいじょうぶ！　明《あか》るく、素直《すなお》に、美《うつく》しく、やよ！

あたしはそう言《い》って、笑顔《えがお》でみんなを送《おく》りだした。舞台上《ぶたいじょう》のみんなは、最高《さいこう》のパフォーマンスをしてみせてくれた。そしてあたしは、舞台裏《ぶたいうら》で

一人《ひとり》、JETS《ジェッツ》への歓声《かんせい》を聞《き》いていた。

三年目《ねんめ》にしてついにつかんだ、アメリカ行《い》きの切符《きっぷ》だ。

もちろん、あたしも本当《ほんとう》にうれしかった。

でも、同《おな》じだけ——ううん、それ以上《いじょう》に、くやしかった。

あたしも、みんなといっしょにおどりたかった。

いや、過去形《かこけい》じゃない。おどりたい。今《いま》からでも。

あたしは、トイレで練習用《れんしゅうよう》の服《ふく》に着《き》がえて、ひっそりと屋上《おくじょう》に上《あ》がった。そして、みんなが学《がっ》校《こう》じゅうから祝福《しゅくふく》されているあいだも、ずっと一人《ひとり》で練習《れんしゅう》をつづけていた。

もうすぐ、全米大会前《ぜんべいたいかいまえ》の最後《さいご》の全体練習《ぜんたいれんしゅう》がある。もしそこで、これまでの遅《おく》れを取《と》りもどしていれば、あたしも全米大会《ぜんべいたいかい》に参加《さんか》できる。

それが、あたしにのこされた、最後《さいご》のチャンスだ。

携帯用《けいたいよう》の音楽《おんがく》プレーヤーから流《なが》れる音楽《おんがく》に合《あ》わせて、ステップをふむ。全米大会《ぜんべいたいかい》の舞台《ぶたい》で、み

んなといっしょにおどる自分《じぶん》をイメージして。

「1《ワン》、2《ツー》、3《スリー》、4《フォー》……」

小声《こごえ》でカウントしながら、曲《きょく》のとちゅうでターンすると——そこに孝介《こうすけ》が立《た》っていた。思《おも》わず動《うご》きを止《と》めそうになったけど、イヤホンを片方《かたほう》だけ引《ひ》きぬいて、おどりつづける。

「ひかり……」

あまりにも真剣《しんけん》な孝介《こうすけ》の顔《かお》を見《み》て、思《おも》わず笑《わら》いそうになった。

孝介《こうすけ》がそんな顔《かお》して、どうするんやし。心配《しんぱい》しなくても、あたしは、だいじょうぶだから。まだ、あきらめてないから。

あたしは、動《うご》きを止《と》めることなく、孝介《こうすけ》に言《い》った。

「あたしの、知《し》りあいにっ……、PK《ピーケー》はずして、一回《いっかい》、部活《ぶかつ》やめたけどっ……、また復帰《ふっき》して、最後《さいご》まで、がんばったやつが、いるでっ……」

孝介《こうすけ》を応援《おうえん》しようとチアダンス部《ぶ》に入《はい》ったこと。前髪《まえがみ》でさんざん先生《せんせい》に文句《もんく》を言《い》われたこと。

この屋上《おくじょう》ではじめて一曲通《きょくとお》しておどったこと。彩乃《あやの》と顔《かお》を見《み》あわせて笑《わら》ったこと。大失敗《だいしっぱい》だった
はじめての大会《たいかい》。苦《くる》しかった練習《れんしゅう》。ケンカしたこと。仲間《なかま》たちの笑顔《えがお》、笑顔《えがお》、笑顔《えがお》。

おどっていると、これまでのチアダンス部《ぶ》での思《おも》い出《で》がよみがえってきて、胸《むね》のなかにいろんな気持《きも》ちがあふれてくる。

楽《たの》しい、苦《くる》しい、うれしい、くやしい。ぜんぶの気持《きも》ちがまざりあっていたけど、それを言葉《ことば》にしたら、最後《さいご》には、たった一言《ひとこと》に、ぎゅっとまとまった。

「……おどりたい」

「ひかり……」

「あたしもおどりたい。みんなと、アメリカで」

しばらくだまりこんでいた孝介《こうすけ》は、やがて小《ち》さな声《こえ》で「がんばれ」とつぶやいて、あたしの練《れん》習《しゅう》をただじっと見《み》つめていた。

そして、全米大会《ぜんべいたいかい》まであと一週間《しゅうかん》となった日《ひ》。全体練習《ぜんたいれんしゅう》で、あたしは前《まえ》と同《おな》じポジションに入《はい》って、早乙女先生《さおとめせんせい》と大野《おおの》コーチの前《まえ》でおどることになった。

もしここで失敗《しっぱい》したら、もう全米大会《ぜんべいたいかい》には出《で》られない……。

ドキドキしながら立《た》っていると、あゆみに肩《かた》をたたかれた。顔《かお》を上《あ》げると、あゆみが自分《じぶん》の髪《かみ》の毛《け》をさわって、にっと笑《わら》っている。その横《よこ》で、多恵子《たえこ》が、ぷうっとほっぺたをふくらませる。

いつかあたしが教《おし》えた、緊張《きんちょう》しないための、ルーティーンのおまじない。

「……あはっ」

思《おも》わずふき出《だ》して笑《わら》ったら、さっきまでの緊張《きんちょう》がうそのように消《き》えた。

あゆみ、多恵子《たえこ》、ありがとう。そうだ、失敗《しっぱい》をこわがってる場合《ばあい》じゃない。今《いま》はただ、全力《ぜんりょく》でぶつかるだけだ。

1《ワン》、2《ツー》、3《スリー》、4《フォー》！

心《こころ》のなかでカウントして、あたしは、みんなといっしょにおどりだした。

前《まえ》は、一人《ひとり》だけおくれていたターン。ずれていたステップ。高《たか》さが足《た》りなかったジャンプ。

今《いま》なら、ぜんぶ、ちゃんとおどれる！

そして、夢中《むちゅう》で二分半《ふんはん》をおどりきった瞬間《しゅんかん》、みんながあたしよりも先《さき》に口《くち》をひらいた。

「の、の！　今《いま》、ひかり、おくれてなかったよの!?」

あゆみが期待《きたい》をこめてみんなに問《と》いかける。

「個人練習《こじんれんしゅう》の成果《せいか》、出《で》たの」

多恵子《たえこ》がにっこりと笑《わら》う。

「今《いま》のひかりなら、だいじょうぶやと思《おも》う」

唯《ゆい》が真剣《しんけん》な顔《かお》で言《い》う。

「ひかり……まにあったね」

彩乃《あやの》がまっすぐにあたしを見《み》つめて、大《おお》きくうなずく。

「せ、先生《せんせい》……！　あの、あたし……」

あたしがすがるような視線《しせん》を向《む》けると、早乙女先生《さおとめせんせい》は大野《おおの》コーチとアイコンタクトをとったあと、ゆっくりと言《い》った。

「これならだいじょうぶね。全米大会《ぜんべいたいかい》では、ひかりも入《い》れておどりましょう」

その瞬間《しゅんかん》、みんながわっと声《こえ》を上《あ》げる。

みんながあたし以上《いじょう》によろこんでくれてるのが、ちょっと照《て》れくさいけど、本当《ほんとう》にうれしい。

「ひかり、おめでとう！」

彩乃《あやの》があたしの手《て》をとって、泣《な》きそうな笑顔《えがお》で言《い》った。

「これでやっと、本当《ほんとう》のＪＥＴＳ《ジェッツ》になったね！　いっしょにアメリカでおどれるよ！　よかった！　本当《ほんとう》によかった！」

「ちょ、彩乃《あやの》！　おめでとうは、全米優勝《ぜんべいゆうしょう》してからやって！」

笑《わら》ってそう言《い》いながら、あたしも彩乃《あやの》に抱《だ》きついた。

待《ま》ってろ、アメリカ！　ＷＥ《ウィー》　ＡＲＥ《アー》　ＪＥＴＳ《ジェッツ》！

16 ついに全米大会《ぜんべいたいかい》！

冬《ふゆ》も終《お》わりに近《ちか》づいたころ、ついに運命《うんめい》の日《ひ》がやってきた。

日本《にほん》から、飛行機《ひこうき》で十時間近《じかんちか》くかけてたどりついたのは、アメリカ、ロスアンゼルス。広《ひろ》いアメリカのなかでも、トップクラスの大都市《だいとし》。ここが、全米大会《ぜんべいたいかい》の舞台《ぶたい》となる。

はじめて降《お》りたったロスアンゼルスは、福井《ふくい》よりもずっとあたたかくて、からっとした風《かぜ》が気《き》持《も》ちいい、いかにも都会《とかい》って感《かん》じの街《まち》だった。

「アメリカ、初上陸《はつじょうりく》ー！　いえーい！」

空港《くうこう》を出《で》てすぐ、あたしが両手《りょうて》をつき上《あ》げてさけぶと、ふだんはおとなしい彩乃《あやの》や唯《ゆい》も、ノリノリで「いえーい！」と返事《へんじ》をする。あの早乙女先生《さおとめせんせい》さえ、サングラスなんかかけて、ふだんよりちょっと浮《う》かれている。ちなみに、アメリカなれしている大野《おおの》コーチだけは、すずしい顔《かお》をしていた。さすが、東京《とうきょう》の女《おんな》。

あたしなんて、会場《かいじょう》へ移動《いどう》する二階建《かいだ》てのバスに乗《の》っているだけで、テンションが上《あ》がってくる。

「見《み》て見《み》て、道《みち》のわきにはえてるあのヤシの木《き》みたいなの！　アメリカっぽい！　映画《えいが》のなかのハリウッド女優《じょゆう》になった気分《きぶん》やって！」

あたしたちを乗《の》せたバスは、高《たか》いビルが立《た》ちならぶ色《いろ》あざやかな街《まち》をぬけて、海岸沿《かいがんぞ》いの道《みち》を走《はし》る。かがやくエメラルドブルーの海《うみ》が見《み》えた瞬間《しゅんかん》、思《おも》わず「すごいのぉ！」と大《おお》きな声《こえ》が出《で》た。

「ひかり、福井弁《ふくいべん》はやめようよ。ここ、アメリカだし」

となりにすわっていたあゆみが、苦《にが》い顔《かお》であたしにつっこむ。

だけど今度《こんど》は、うしろにすわっていた多恵子《たえこ》が、しみじみとつぶやいた。

「にしても、本当《ほんとう》に、わたしら、アメリカに来《き》たんやの……」

すると、すかさず、前《まえ》にすわっていた唯《ゆい》と彩乃《あやの》がふりかえって、「ほやの」「ほやほや」と、福《ふく》井弁《いべん》でこたえる。二人《ふたり》ともにやにやしているから、きっとわざとだ。

「もー、そやで福井弁《ふくいべん》！　会場《かいじょう》でほかのチームに笑《わら》われてまうよ！」

「いや、日本語《にほんご》、わからんやろ。しかも、あゆみのそれも福井弁《ふくいべん》やし」

「えっ!?　あっ……！」

そんないつものノリでしゃべりながら、みんなで笑《わら》う。

でも、あたしたちは観光旅行《かんこうりょこう》に来《き》たわけじゃない。楽《たの》しいなごやかな時間《じかん》はつかの間《ま》、バスをおりて会場《かいじょう》に入《はい》れば、すぐに全米大会《ぜんべいたいかい》がはじまる。

全米大会《ぜんべいたいかい》は、予選《よせん》と決勝戦《けっしょうせん》にわかれている。まずは、予選《よせん》で全《ぜん》チームがおどる。ここで七位《い》までに入《はい》ったチームが、決勝戦《けっしょうせん》に進出《しんしゅつ》することになる。

そしてむかえた予選《よせん》。アメリカの大舞台《おおぶたい》で緊張《きんちょう》しつつも、あたしたちはなんとかパフォーマンスを終《お》えた。

決《けっ》して悪《わる》い出来《でき》じゃなかったけど、予選《よせん》を終《お》えたあたしたちの気持《きも》ちは、アメリカのきれいな景色《けしき》とはうってかわって、暗《くら》いものだった。

「……七位《い》」

あたしたちはできるかぎりのパフォーマンスをしたし、大《おお》きなミスもなかった。

でも、結果《けっか》は予選突破《よせんとっぱ》の七チーム中《ちゅう》、七位《い》。なんとか決勝戦《けっしょうせん》には進《すす》んだけど、ほかのチームのほうが、圧倒的《あっとうてき》にうまいのはわかっていた。優勝《ゆうしょう》するためには、明日《あした》の決勝戦《けっしょうせん》で、あの六チームに勝《か》たなければいけない。

「このままじゃ、ダメやの……」

舞台裏《ぶたいうら》の控《ひか》え室《しつ》で、だれからともなく、そんなことをつぶやいた。

「ま、まぁ、たしかにギリギリやけど、世界《せかい》で七位《い》やよ。それでもすごいことやよ！」

あたしはみんなをはげまそうと、なるべく明《あか》るい声《こえ》でそう言《い》った。でも、彩乃《あやの》をはじめ、だれひとり、なっとくしていない。もちろん、あたしだって、心《こころ》の底《そこ》から満足《まんぞく》しているわけじゃない。

あたしたちの目標《もくひょう》は、あくまでも優勝《ゆうしょう》だ。七位《い》じゃダメだ。

だけど、世界《せかい》のハードルは、あたしたちの想像《そうぞう》していたよりずっと高《たか》い。

予選《よせん》の結果《けっか》からなかなか立《た》ち直《なお》れないあたしたちに、早乙女先生《さおとめせんせい》が「集合《しゅうごう》」と声《こえ》をかけた。いつもどおり、彩乃《あやの》を中心《ちゅうしん》に、あたしたちはすぐに整列《せいれつ》する。

「まずは予選《よせん》おつかれさま。決勝《けっしょう》に進《すす》めたのはよかったけど……、わかってるわよね」

うなずくあたしたちの顔《かお》を見《み》まわした早乙女《さおとめ》先生《せんせい》は、ゆっくりと口《くち》をひらいた。

「明日《あした》の決勝《けっしょう》ですが」

先生《せんせい》は、そこで一瞬《いっしゅん》、言葉《ことば》を止《と》めた。そして、彩乃《あやの》とあたしの顔《かお》を見《み》て、静《しず》かな声《こえ》で言《い》った。

「ひかり、センターに入《はい》りなさい。彩乃《あやの》とポジションを交代《こうたい》します」

………は？

あまりにもさらっと言《い》われたから、一瞬《いっしゅん》、意味《いみ》がわからなかった。

「先生《せんせい》、なに言《い》ってるんですか……？」

「聞《き》こえなかったの？　ひかり、あなたはセンターに入《はい》りなさい。彩乃《あやの》はひかりのポジションに
――」

「いや、ちょっと待《ま》ってください！　彩乃《あやの》はチームの中心《ちゅうしん》なんです！　今《いま》、センターからはずすなんて……」

「わたしたちの目標《もくひょう》は全米制覇《ぜんべいせいは》よ。七位《い》じゃダメなの。勝《か》つために最善《さいぜん》をつくす。彩乃《あやの》では勝《か》てない。ひかりなら勝《か》てるから」

「そんな……！　勝《か》てるとか、そういうことじゃなくて――」

「なにかを成《な》しとげるためには！」

そう言《い》って、早乙女先生《さおとめせんせい》は、あたしの言葉《ことば》をさえぎった。

そして、真剣《しんけん》な声《こえ》でゆっくりと言《い》った。

「なにかを成《な》しとげるためには、なにかを犠牲《ぎせい》にしなくちゃいけないときもあるの」

犠牲《ぎせい》って……。勝《か》つために、彩乃《あやの》を犠牲《ぎせい》にしろってこと……？　そんなの、ありえない！

あたしは思《おも》わず眉《まゆ》をつりあげて、先生《せんせい》をにらみつけた。でも先生《せんせい》は、あたしを無視《むし》してつづける。

「そうやって勝利《しょうり》をめざして過《す》ごした日々《ひび》は、将来《しょうらい》、あなたたちの力《ちから》になる。絶対《ぜったい》に。わたしは、そう思《おも》ってる」

そんなのおかしい。先生《せんせい》はまちがってる。

きっと、勝利《しょうり》なんかより、ずっと大事《だいじ》なことがある。

だけど、言《い》いかえすうまい言葉《ことば》が見《み》つからない。

みんなも、うつむいたまま、水《みず》をうったように静《しず》まりかえっている。

「……わかりました」

沈黙《ちんもく》をやぶったのは、彩乃《あやの》だった。落《お》ちついた声《こえ》で先生《せんせい》に返事《へんじ》をした彩乃《あやの》は、部員《ぶいん》たちに向《む》かって明《あか》るく言《い》った。

「みんな、夕食《ゆうしょく》のあと、練習場所《れんしゅうばしょ》に集合《しゅうごう》！　ひかりを中心《ちゅうしん》にみんなでおどりを合《あ》わせよう」

そう言《い》った彩乃《あやの》は、いつもと同《おな》じ、たよれるリーダーの顔《かお》をしている。

「なに暗《くら》い顔《かお》してるの！　わたしたちの目標《もくひょう》は、全米制覇《ぜんべいせいは》だよ！」

彩乃《あやの》は笑《わら》っていた。目《め》にはうっすらと涙《なみだ》が浮《う》かんでいたけど、決《けっ》して、その涙《なみだ》をこぼすことはなかった。

だけどあたしは、どうしても彩乃《あやの》の顔《かお》をまっすぐ見《み》ることができなかった。


ここまできて、彩乃《あやの》じゃなくてあたしがセンターって。こんなことでセンターになったって、ちっともうれしくない。彩乃《あやの》を押《お》しのけてまでセンターになりたいなんて、思《おも》えない。

そういえば、いつか、彩乃《あやの》に言《い》われたことがあったっけ。

――欲《よく》がないのがひかりの欠点《けってん》！　だれかを押《お》しのけてでもいいから、前《まえ》に出《で》て！

……でもさ、彩乃《あやの》。彩乃《あやの》を押《お》しのけて前《まえ》に出《で》て、本当《ほんとう》に、いいの？

あたしは、いやだよ。彩乃《あやの》を押《お》しのけて前《まえ》に出《で》るなんて。

夕食《ゆうしょく》までの自由時間《じゆうじかん》、あたしはそんなことを考《かんが》えながら、泊《と》まっているホテルのなかを、あてもなく歩《ある》きまわっていた。

ホテルに着《つ》いたときは、アメリカの景色《けしき》や建物《たてもの》を見《み》るだけで、あんなにわくわくしていたのに、今《いま》はなにを見《み》ても心《こころ》が晴《は》れない。

そんなとき、ホテルの中庭《なかにわ》で、彩乃《あやの》のうしろ姿《すがた》を見《み》つけた。

すぐに声《こえ》をかけようとして――、とちゅうでやめた。

彩乃《あやの》が、一人《ひとり》でおどっていたから。もう彩乃《あやの》のダンスは完璧《かんぺき》なのに、流《なが》れる汗《あせ》もそのままに、きびしい表情《ひょうじょう》で、ひたすら練習《れんしゅう》にうちこんでいる。

なんて声《こえ》をかけていいか、わからなかった。

彩乃《あやの》はここまで部長《ぶちょう》としてみんなを引《ひ》っぱってきた。その努力《どりょく》のおかげで、ダンスの初心者《しょしんしゃ》だったあたしたちも、ここまでがんばれた。そして、やっと目標《もくひょう》だった全米大会《ぜんべいたいかい》の決勝戦《けっしょうせん》までやってこられた。

それなのに、こんなタイミングでセンターをはずされて。

それでも彩乃《あやの》は、まだおどっている。

どうして彩乃《あやの》はそこまでがんばれるの？　あたしには、無理《むり》やよ。

あたしがくちびるをかんだとき、彩乃《あやの》があたしに気《き》づいて、動《うご》きを止《と》めた。

そして彩乃《あやの》は、あたしに向《む》かってにっこりと笑《わら》ってみせた。

「ひかり、ちょうどよかった！」

笑顔《えがお》の彩乃《あやの》は、かたわらにおいてあったノートを手《て》にとって、あたしにさしだした。

「はい、これ」

「これって……」

「わたしがこれまでやってきて考《かんが》えた、センターの心得《こころえ》が書《か》いてあるから。なにか参考《さんこう》になればと思《おも》って」

わたされたのは、彩乃《あやの》の夢《ゆめ》ノートだった。

一度《いちど》、やぶかれたあとがあって、テープで補修《ほしゅう》されている。

それだけで、彩乃《あやの》がどれだけくやしい思《おも》いをしたか、どれだけ一生懸命《いっしょうけんめい》、部《ぶ》のことを考《かんが》えているか、よくわかった。

きっと彩乃《あやの》は、センターをおろされて、一度《いちど》このノートをやぶり捨《す》てたんだ。だけど、くやしい気持《きも》ちやつらい気持《きも》ちをぐっとこらえて、ノートにテープを貼《は》ってなおした。そしてここで、ずっと練習《れんしゅう》していたんだ。

「彩乃《あやの》……」

「わたしは、部長《ぶちょう》だから」

泣《な》きそうになっているあたしの前《まえ》で、彩乃《あやの》は自分《じぶん》に言《い》い聞《き》かせるみたいにそう言《い》って、ほほえんだ。

「……部長《ぶちょう》だもん」

あたしは、彩乃《あやの》に借《か》りたノートをホテルの部屋《へや》に持《も》って帰《かえ》って、そっとひらいた。

几帳面《きちょうめん》な文字《もじ》がならぶ彩乃《あやの》の夢《ゆめ》ノート。そこには、彩乃《あやの》がこれまで部長《ぶちょう》として、なやんだり、苦《くる》しんだりしながら、懸命《けんめい》に部《ぶ》をささえてきた証《あかし》が、びっしりときざまれていた。

『部長《ぶちょう》としてみんなの敵《てき》になる』

『センターでおどるということは、みんながわたしに合《あ》わせるということ』

『わたしがダメならチームがダメになる』

『今《いま》の自分《じぶん》をこえる』

そのなかに、いつか彩乃《あやの》から聞《き》いた言葉《ことば》を見《み》つけた。

『どんなに努力《どりょく》してもダメなことはある。でも、努力《どりょく》しつづけるしかない』

彩乃《あやの》は今《いま》この瞬間《しゅんかん》も、努力《どりょく》しつづけている。一人《ひとり》で、おどりつづけている。きっと、こらえきれない涙《なみだ》をぬぐいながら。

……やっぱり、ダメだ。こんなの、ダメだ。

気《き》づいたら、あたしはノートを強《つよ》くにぎりしめて、全速力《ぜんそくりょく》で走《はし》りだしていた。


「早乙女先生《さおとめせんせい》！」

ホテルのなかや近《ちか》くの海岸《かいがん》、あちこち走《はし》りまわって、やっと先生《せんせい》を見《み》つけた。

早乙女先生《さおとめせんせい》は、明日《あした》の大会《たいかい》がおこなわれる会場《かいじょう》の客席《きゃくせき》にすわっていた。広《ひろ》い会場《かいじょう》の、だれもいない客席《きゃくせき》から、だれもいないステージを見《み》つめている。

あたしは、息《いき》もととのわないまま、先生《せんせい》に向《む》かって言《い》った。

「彩乃《あやの》が……彩乃《あやの》が、どれだけ今《いま》の自分《じぶん》をこえようと努力《どりょく》してきたか、先生《せんせい》にわかりますか？」

先生《せんせい》は「勝利《しょうり》をめざして過《す》ごした日々《ひび》は、将来《しょうらい》、あなたたちの力《ちから》になる」と言《い》っていた。

だけど、あたしたちには、今《いま》しかない。

ＪＥＴＳ《ジェッツ》のみんなと、全米大会《ぜんべいたいかい》の舞台《ぶたい》でおどれるのは、泣《な》いても笑《わら》っても、明日《あした》が最後《さいご》だ。

将来《しょうらい》のことなんて、どうでもいい。あたしにとって、彩乃《あやの》にとって、みんなにとって、大事《だいじ》なのは今《いま》だ。やっとの思《おも》いでつかんだ、この全米大会《ぜんべいたいかい》の舞台《ぶたい》だ。

「ここまで来《こ》られたのは……、彩乃《あやの》のおかげなんです。先生《せんせい》のおかげなんかじゃありません。先《せん》生《せい》がなにしてくれたんですか……？　ただチームワークをくずしただけじゃないんですか！」

泣《な》きそうになりながらさけんだけど、先生《せんせい》はふり向《む》きもせずに、じっとステージを見《み》つめたまま。あたしは、彩乃《あやの》の夢《ゆめ》ノートをぎゅっと胸《むね》に抱《だ》いて、きっぱりと言《い》った。

「先生《せんせい》に、あたしらのことなんか、わかるはずないんです。あたしらのこと、先生《せんせい》に決《き》めてほしくない」

先生《せんせい》が、彩乃《あやの》のなにを知《し》ってるの？　この夢《ゆめ》ノートに書《か》かれた彩乃《あやの》の努力《どりょく》のあとを見《み》ても、同《おな》じことが言《い》えるの？

あたしの気持《きも》ちも、彩乃《あやの》の気持《きも》ちも、早乙女先生《さおとめせんせい》みたいな人《ひと》に、理解《りかい》できるはずがない。

「……あたし、先生《せんせい》を軽蔑《けいべつ》します」

あたしがそう言《い》ったとき、先生《せんせい》がやっとこっちを向《む》いた。でも、先生《せんせい》の顔《かお》は、怒《おこ》っているのとも、悲《かな》しんでいるのとも、ちがっていた。

先生《せんせい》はあたしを見《み》つめて、落《お》ちついた声《こえ》で言《い》った。

「いいわ、それでも。でも、考《かんが》えはかわらない。センターは、彩乃《あやの》ではなく、ひかり。あなたよ」

早乙女先生《さおとめせんせい》は、まただれもいないステージに目《め》を向《む》けて、どこか遠《とお》いところを見《み》つめたまま、力強《ちからづよ》い声《こえ》でつづける。

「すべてをかけてやりつづけ、頂点《ちょうてん》に立《た》った者《もの》にしか見《み》えない風景《ふうけい》がある」

「風景《ふうけい》……？」

「そう。そういう特別《とくべつ》な風景《ふうけい》がある……、わたしは、あると思《おも》う。あなたたちはそれを見《み》られる。今《いま》、見《み》られるチャンスがあるの」

そう言《い》って、先生《せんせい》はあたしに向《む》きなおった。そして、あたしの目《め》をまっすぐ見《み》つめて言《い》った。

「ひかり。その風景《ふうけい》を、見《み》てきなさい」

★ ☆ ♪ ★ ☆ ★ ♬

……なんやし、風景《ふうけい》って。そんなん、わからんし。

あたしは、ホテルの近《ちか》くの浜辺《はまべ》にすわりこんで、夕日《ゆうひ》が照《て》らすアメリカの海《うみ》をぼーっとながめながら、ずっと考《かんが》えていた。

先生《せんせい》の言《い》ったことの意味《いみ》は、よくわからなかった。でも、あたしはなにも言《い》いかえせなかった。

先生《せんせい》が、あまりにもまよいなく言《い》いきったからかもしれない。

彩乃《あやの》じゃなくて、あたしがセンター。そんなことが、本当《ほんとう》に正《ただ》しいんだろうか。あたし、どうしたらいいんだろう。

アメリカのかわいた風《かぜ》が、あたしの髪《かみ》の毛《け》と心《こころ》をみだしながら、ふきぬけていく。

一人《ひとり》で泣《な》きそうになっていると、ふいにうしろから「なにやってるの？」と声《こえ》をかけられた。

「こんなところにすわりこんで。ホテルにもどらなくていいの？」

ふり向《む》くと、そこには大野《おおの》コーチが立《た》っていた。

「大野《おおの》コーチ……。早乙女先生《さおとめせんせい》は、ひどい人《ひと》です。やさしさとか、人《ひと》を思《おも》う気持《きも》ちとか……、なんていうか、人間《にんげん》らしい心《こころ》がないんです」

「あら。ずいぶんな言《い》いぐさね」

「だって、よりによってこのタイミングで、彩乃《あやの》をセンターからはずして、あたしをセンターにするなんて……。そんなの、おかしいです」

あたしがすがるようにそう言《い》うと、大野《おおの》コーチはいつものさらっとした口調《くちょう》で言《い》った。

「そうね。思《おも》いきった判断《はんだん》だとは思《おも》うわ。でも、わたしも早乙女先生《さおとめせんせい》と同《おな》じ意見《いけん》」

「そんな……」

あたしは、なっとくできなくて、むすっとだまりこんだ。すると大野《おおの》コーチは、あたしのとなりに腰《こし》かけて、やさしくほほえんだ。

「泣《な》きたいなら、泣《な》けばいいのに」

「……えっ？」

「似《に》てるのね。あなたたちは」

「似《に》てるって……だれとだれがですか？」

大野《おおの》コーチは、ふふっと笑《わら》っただけで、あたしの問《と》いかけにはこたえなかった。

そのかわりに、とっておきの打《う》ち明《あ》け話《ばなし》をするように、そっと口《くち》をひらいた。

「ねぇ。わたしがなんであなたたちのコーチを引《ひ》き受《う》けたか、わかる？」

……言《い》われてみれば、大野《おおの》コーチみたいなすごい人《ひと》が、どうして実績《じっせき》があるわけでもないあたしたちの指導《しどう》になんか来《き》てくれたんだろう。しかも、わざわざ東京《とうきょう》から福井《ふくい》まで。

「どうしてなんですか？」

「早乙女先生《さおとめせんせい》から、手紙《てがみ》をもらったからよ。何通《なんつう》も、何通《なんつう》も」

「先生《せんせい》が……？」

「ええ。それはもう、毎日《まいにち》のように。『大《おお》きな目標《もくひょう》があれば、生徒《せいと》たちは世界《せかい》にだって羽《は》ばたける』、『あの子《こ》たちに、頂点《ちょうてん》からしか見《み》えない風景《ふうけい》を見《み》せてやりたい』って」

頂点《ちょうてん》からしか見《み》えない風景《ふうけい》。さっき言《い》われたことと、同《おな》じだ。

「あんまりしつこく、全米制覇《ぜんべいせいは》への情熱《じょうねつ》と、あなたたちへの愛情《あいじょう》に満《み》ちた手紙《てがみ》がとどくもんだから、ついわたしもその気《き》になっちゃって」

「……知《し》りませんでした。てっきり、校長先生《こうちょうせんせい》とかを見《み》かえしたいだけやと」

ふと、早乙女先生《さおとめせんせい》が校長室《こうちょうしつ》でいつか言《い》っていたことを思《おも》いだした。

――あの子《こ》たちに、大《おお》きな目標《もくひょう》をあたえてやりたいんです！

そのあと、チアダンス部《ぶ》がつぶれるとかなんとかって話《はなし》になって、すっかりわすれていたけど、あのときの早乙女先生《さおとめせんせい》の声《こえ》は、真剣《しんけん》そのものだった。

そういえば、あのあと、あたしが「アメリカで優勝《ゆうしょう》します」といきおいだけで宣言《せんげん》したら、先生《せんせい》は「その言葉《ことば》を待《ま》ってた」って、うれしそうに言《い》っていたんだっけ。

早乙女先生《さおとめせんせい》は、最初《さいしょ》からずっと、本気《ほんき》だった。

本気《ほんき》で、あたしたちと全米制覇《ぜんべいせいは》するつもりだったんだ。

「あなたたちが練習《れんしゅう》している姿《すがた》にいつもはげまされてるって、早乙女先生《さおとめせんせい》はよく言《い》ってたわ。ひかりには、チアダンス本来《ほんらい》のだれかを応援《おうえん》する気持《きも》ちがそなわっている。あの子《こ》の笑顔《えがお》なら、きっといける、って。それに、彩乃《あやの》にもひかりとはまたちがった華《はな》がある。ほかの部員《ぶいん》も、みんな、それぞれ個性《こせい》があってすばらしい子《こ》たちだ。ダメなのは、自分《じぶん》だけだ、って」

「えぇっ!?　あの鬼《おに》ババ……じゃなくて、早乙女先生《さおとめせんせい》が!?」

あたしが思《おも》わず大声《おおごえ》でそう言《い》うと、大野《おおの》コーチはぷっとふき出《だ》して、けらけら笑《わら》った。

「そうね、あなたたちには、そういう人《ひと》に見《み》えていたかもね。でも早乙女先生《さおとめせんせい》は、『教師《きょうし》はぶれてはいけない。嫌《きら》われてもいい。涙《なみだ》なんか見《み》せない』って、いつも必死《ひっし》できびしい態度《たいど》をとっていたわ。あの人《ひと》、本当《ほんとう》はとっても泣《な》き虫《むし》なのに」

「泣《な》き虫《むし》……って、先生《せんせい》が泣《な》いてるのなんか、見《み》たことないですけど……」

首《くび》をかしげるあたしに向《む》かって、大野《おおの》コーチはくすりとほほえんだ。そして、どこかいたずらっぽい顔《かお》で言《い》った。

「あなたたちにきびしいことを言《い》ったあとは、いつも泣《な》きそうになって、さりげなくその場《ば》をはなれたり、ストレッチしてるふりをしたりして、ごまかしてたわね」

そうだったのか……。いつも怒《おこ》ってる印象《いんしょう》しかなかったから、まったく知《し》らなかった。

「……きっと、教師《きょうし》のやっていることって、何年《なんねん》もたたないと理解《りかい》されないものなのね」

そうつぶやいて、大野《おおの》コーチはゆっくりと立《た》ち上《あ》がった。そして、大《おお》きく伸《の》びをしながら、海《うみ》のかなたを見《み》つめて言《い》った。

「あなたたちの前《まえ》で涙《なみだ》を見《み》せるのは、全米《ぜんべい》で優勝《ゆうしょう》してから。優勝《ゆうしょう》したら、そのとき、みんなといつしょに心《こころ》から泣《な》いてやる。早乙女先生《さおとめせんせい》は、そう言《い》ってたわ」

「あの先生《せんせい》が、そんなことを……？」

「早乙女先生《さおとめせんせい》も、こえようとしていたんだと思《おも》う。今《いま》の自分《じぶん》を」

そして大野《おおの》コーチは、あたしの肩《かた》をぽんとたたいた。

「がんばりましょう。明日《あした》の決勝《けっしょう》」

それだけ言《い》って、あっさりと去《さ》っていく。大野《おおの》コーチは、去《さ》りぎわまで優雅《ゆうが》でかっこいい、東《とう》京《きょう》の女《おんな》だった。

一人《ひとり》のこされたあたしは、海《うみ》のかなたを見《み》つめながら、ぐっとこぶしをにぎった。

見《み》あげたアメリカの空《そら》は、澄《す》みきっていて、とほうもなく広《ひろ》くて、どこまでも高《たか》くて——だけど今《いま》なら、本気《ほんき》で手《て》をのばせば、とどきそうな気《き》がした。


その日《ひ》の夜《よる》、あたしたちＪＥＴＳ《ジェッツ》は、最後《さいご》の合《あ》わせ練習《れんしゅう》のために、練習場所《れんしゅうばしょ》にあつまった。

「練習《れんしゅう》の前《まえ》に一つ、みんなに言《い》っておきたいことがあるの」

みんなの前《まえ》に立《た》った彩乃《あやの》が、真剣《しんけん》な顔《かお》で言《い》った。

「わたし、センターはずされて、さっき泣《な》いてた。でも、ひかりがいつか、はしっこでもセンターのつもりでおどるって言《い》ってたの、思《おも》いだしたの」

そして彩乃《あやの》は、みんなに向《む》かって静《しず》かに頭《あたま》を下《さ》げた。

「ごめんね、みんな。ダメな部長《ぶちょう》で……」

「そんなこと思《おも》ってるやつ、ここには一人《ひとり》もいないよ」

やさしい笑顔《えがお》でそう言《い》ったのは、唯《ゆい》だった。顔《かお》を上《あ》げた彩乃《あやの》を、部員《ぶいん》みんなが、やさしい目《め》で見《み》つめている。もちろん、あたしも。

唯《ゆい》やみんなの言《い》うとおりだ。センターだろうと、そうじゃなかろうと、彩乃《あやの》はJETS《ジェッツ》の部長《ぶちょう》だ。あたしたちの、最高《さいこう》の部長《ぶちょう》だ。

あたしがそっと彩乃《あやの》に歩《あゆ》みよると、涙目《なみだめ》になっていた彩乃《あやの》は、あたしの目《め》を見《み》て、笑顔《えがお》でうなずいた。あたしもその目《め》をまっすぐ見《み》つめかえして、ゆっくりとうなずいた。

もう、これ以上《いじょう》の言葉《ことば》はいらない。

あたしにも、やっとわかった。

なにかをめざして本気《ほんき》になれば、深《ふか》く傷《きず》つくこともある。口《くち》ではだれよりも「全米制覇《ぜんべいせいは》をめざす」と言《い》いながら、あたしには、ずっと、その覚悟《かくご》がなかった。

だけど、今《いま》のあたしには、どんなに苦《くる》しくても、どんなに傷《きず》ついても、成《な》しとげたい目標《もくひょう》がある。みんなといっしょにかなえたい夢《ゆめ》がある。

気《き》づくのに、みんなよりずいぶんと時間《じかん》がかかってしまったけど——あたしはみんなの顔《かお》を見《み》まわして、大声《おおごえ》で宣言《せんげん》した。

「あたし、センターでおどる！」

入部《にゅうぶ》したころ、絶対《ぜったい》にたどりつけないと思《おも》っていた、とんでもない場所《ばしょ》に、今《いま》、あたしたちは立《た》っている。そして明日《あした》、そのいちばんかがやく場《ば》所《しょ》で、あたしたちは最後《さいご》のダンスをおどる。

明日《あした》の決勝戦《けっしょうせん》、あたしはセンターに立《た》つ。彩乃《あやの》のために、JETS《ジェッツ》のために、そしてだれより、あたし自身《じしん》のために。

17

頂《ちょう》点《てん》から見《み》える風《ふう》景《けい》

ついにむかえた決勝戦《けっしょうせん》、あたしたちの前《まえ》におどったのは、昨年《さくねん》の全米大会優勝《ぜんべいたいかいゆうしょう》チーム、アメリカのチーム・レイヴンだった。いつか映像《えいぞう》で見《み》て、あたしたちが衝撃《しょうげき》を受《う》けたチーム。

今回《こんかい》の大会《たいかい》でも、チーム・レイヴンのパフォーマンスは、圧倒的《あっとうてき》だった。お客《きゃく》さんたちも、もう今年《ことし》の優勝《ゆうしょう》は決《き》まった、と大《おお》もり上《あ》がりしているようだ。会場《かいじょう》がわれそうなくらいの、大《おお》きな拍手《はくしゅ》が聞《き》こえる。最後《さいご》に出《で》るあたしたちには、もうだれも期待《きたい》していないって感《かん》じ。

だけどあたしたちは、だれひとり、あきらめていなかった。

舞台裏《ぶたいうら》で、いつものように円陣《えんじん》をくむ。

あたしは、ＪＥＴＳ《ジェッツ》の二十三人《にん》の顔《かお》を、一人《ひとり》ずつ見《み》まわして言《い》った。

「これが、みんなでおどる最後《さいご》やよ」

泣《な》いても笑《わら》っても、これが最後《さいご》。だったら、これからの二分半《ふんはん》、あたしたちは最高《さいこう》の笑顔《えがお》を見《み》せてやろう。最高《さいこう》に楽《たの》しんでおどってやろう。

「この大会《たいかい》が終《お》わったら、三年生《ねんせい》は卒業《そつぎょう》してバラバラになるけど、絶対《ぜったい》、今日《きょう》のことは、わすれんようにしようの」

これからの二分半《ふんはん》を、あたしたちの一生《いっしょう》の宝物《たからもの》になるような、最高《さいこう》の時間《じかん》にしよう。

彩乃《あやの》が、唯《ゆい》が、多恵子《たえこ》が、あゆみが、みんなが、うなずいた。

「あたしらは、すべてをかけてやってきたんやで。最後《さいご》の最高《さいこう》の舞台《ぶたい》で、かがやいてまおっさ」

今《いま》なら、まよいなく、自信《じしん》を持《も》って言《い》える。

「だいじょうぶ。できる。あたしらなら」

彩乃《あやの》と目《め》を合《あ》わせて、ほほえんだ。

そしてあたしは、今《いま》までいちばんの大声《おおごえ》でさけんだ。

「**明《あか》るく、素直《すなお》に、美《うつく》しく！　レッツゴー！**」

「「「**JETS《ジェッツ》！**」」」

あたしたちは、ジェット機《き》のようにいきおいよく、かがやく最後《さいご》の舞台《ぶたい》へとびだしていった。

しんと静《しず》まりかえった、広《ひろ》い会場《かいじょう》。あたしは舞台《ぶたい》の中心《ちゅうしん》に立《た》って、そっと目《め》を閉《と》じた。

センターという特別《とくべつ》な場所《ばしょ》。彩乃《あやの》やみんな、それから、早乙女先生《さおとめせんせい》。いろんな人《ひと》の、いろんな思《おも》いを受《う》けとめて、今《いま》、あたしはここに立《た》っている。

ドキドキする。でも、ワクワクする。

だいじょうぶ。右《みぎ》にも、左《ひだり》にも、うしろにも、JETS《ジェッツ》の仲間《なかま》たちがいる。これからはじまる二分半《ふんはん》に、あたしたちの三年間《ねんかん》のすべてをぶつけるんだ。

これは、最大《さいだい》にして最後《さいご》の、そして、最高《さいこう》の舞台《ぶたい》なんだから！

音楽《おんがく》が鳴《な》りだした瞬間《しゅんかん》、あたしはぱっと目《め》を開《あ》けて、いきおいよく両手《りょうて》をV《ブイ》の字《じ》につき上《あ》げた。

最初《さいしょ》は、ポップな曲《きょく》に合《あ》わせた明《あか》るくてスピーディなダンス。リズムよくステップをふみながら、腕《うで》をのばして、テンポよくいろんなポーズをとっていく。そして、両手《りょうて》、両足《りょうあし》を、真横《まよこ》にまっすぐひらいてジャンプする、トゥータッチ。

あたしが着地《ちゃくち》したタイミングで、あゆみがすっと前《まえ》に出《で》る。

最初《さいしょ》は、「自分《じぶん》だけ目立《めだ》とうとしている」と言《い》われていたあゆみだけど、今《いま》のあゆみの動《うご》きは、ステップの一つ一つまで、まわりとぴったりそろっている。それに、その笑顔《えがお》は、彼女《かのじょ》が好《す》きなアイドルにも負《ま》けないくらい、かがやいている。

曲《きょく》のとちゅうで、前後《ぜんご》のフォーメーションが入《い》れかわって、今度《こんど》は、さっきまでうしろのほうにいた多恵子《たえこ》が前《まえ》に出《で》た。

多恵子《たえこ》は、「わたし、太《ふと》ってるし、ぜんぜんチアダンス部《ぶ》っぽくないから、舞台《ぶたい》に出《で》ただけで笑《わら》われるんやって」なんて苦笑《にがわら》いしていたことがある。でも多恵子《たえこ》は、複雑《ふくざつ》な家庭《かてい》の事情《じじょう》をかかえて、夜《よる》はバイトをしながらも、ずっとがんばりつづけてきた。

今《いま》、この瞬間《しゅんかん》、多恵子《たえこ》のことを笑《わら》える人《ひと》なんて、だれもいない。

みんな、多恵子《たえこ》のキレのいいダンスと笑顔《えがお》にくぎづけだ。

とちゅうで、曲調《きょくちょう》ががらりとかわった。さっきまでの明《あか》るいポップスから、ぐっと大人《おとな》っぽく、かっこいいヒップホップになる。

ここで、唯《ゆい》がセンターポジションに移動《いどう》した。

最初《さいしょ》は、笑顔《えがお》がうまく作《つく》れなかった唯《ゆい》。だけど、今《いま》では、そんなこと信《しん》じられないくらいの笑顔《えがお》でおどっている。

曲《きょく》に合《あ》わせて、ほかのみんながぴたりと動《うご》きを止《と》めるなか、唯《ゆい》だけがソロではげしくおどると、客席《きゃくせき》が一気《いっき》にわっともり上《あ》がった。中学《ちゅうがく》のとき、一人《ひとり》でおどっていた唯《ゆい》は、今《いま》、こんなにたくさんの仲間《なかま》といっしょに、たくさんの観客《かんきゃく》の前《まえ》でおどっている。

また曲調《きょくちょう》が明《あか》るくなって、フォーメーションがかわったとき、彩乃《あやの》と目《め》が合《あ》った。おどりながら、彩乃《あやの》は最高《さいこう》の笑《え》みを浮《う》かべている。

ポジションがかわっても、彩乃《あやの》のダンスの魅力《みりょく》はかわらない。だれよりも努力《どりょく》しつづけてきた彩乃《あやの》だからできる、明《あか》るく素直《すなお》で美《うつく》しいダンス。

あたしにチアダンスの楽《たの》しさを教《おし》えてくれたのも、彩乃《あやの》だ。あたしが、JETS《ジェッツ》が、今《いま》、この場所《ばしょ》に立《た》っているのは、彩乃《あやの》のおかげだ。

彩乃《あやの》は、このJETS《ジェッツ》のためにだれよりもがんばってきた部長《ぶちょう》であり――大好《だいす》きなあたしの友《とも》だち。

あたしは、またセンターポジションにもどって、彩乃《あやの》に負《ま》けないくらいの笑顔《えがお》で、両手両足《りょうてりょうあし》をX《エックス》の形《かたち》に大《おお》きく広《ひろ》げて、高《たか》くジャンプする。

さぁ、ここから一気《いっき》にクライマックスだ。

最後《さいご》のダンスをおどりながら、あたしは、心《こころ》のどこかで、一年生《ねんせい》のとき、屋上《おくじょう》でみんなといっしょに、はじめて一曲通《きょくとお》しておどったときのことを思《おも》いだしていた。

かんたんなステップでさえこんがらがって、何度《なんど》もころびそうになったこと。

おどりきったあと、屋上《おくじょう》にたおれこんでみんなで笑《わら》いあったこと。

はじめて、チアダンスを楽《たの》しいと思《おも》ったこと。

あの日《ひ》からつみかさねてきた一つ一つが、今《いま》のあたしたちのダンスを作《つく》っている。

そうだ。あたしだけがセンターなんじゃない。

この舞台《ぶたい》の上《うえ》の二十四人《にん》、全員《ぜんいん》がセンターだ。

一列《れつ》にならんでのラインダンス。みんなで肩《かた》をくんで、「はい！」というかけ声《ごえ》といっしょに、リズムに合《あ》わせて、同《おな》じ高《たか》さに足《あし》を上《あ》げる。

そろっているのは、動《うご》きだけじゃない。あたしたちの心《こころ》は、今《いま》、一つだ。

チアダンス部《ぶ》で過《す》ごした時間《じかん》は、苦《くる》しいときも、楽《たの》しいときも、ぜんぶ、今《いま》この瞬間《しゅんかん》のためにあった。あたしたちは今《いま》、全力《ぜんりょく》で、そして最高《さいこう》の笑顔《えがお》でおどっている。

そして、曲《きょく》が終《お》わる最後《さいご》の瞬間《しゅんかん》、舞台《ぶたい》の中央《ちゅうおう》に立《た》ったあたしは――ポンポンをかかげた腕《うで》を頭《あたま》の上《うえ》でC《シー》の形《かたち》にして、大《おお》きくジャンプした。

最後《さいご》のジャンプをして、着地《ちゃくち》するまで。

それはまるで、永遠《えいえん》みたいな一瞬《いっしゅん》だった。

時《とき》が止《と》まったみたいに、あたしの目《め》にうつった世界《せかい》が、すべてかがやいて見《み》えた。

……あぁ、そうか。

これが、先生《せんせい》の言《い》ってた風景《ふうけい》。頂点《ちょうてん》に立《た》った者《もの》にしか見《み》えない風景《ふうけい》なんだ。

そう思《おも》った、瞬間《しゅんかん》――。

わぁあああ！　と、あたしの耳《みみ》に大《おお》きな拍手《はくしゅ》の音《おと》と歓声《かんせい》がひびいた。

ふと気《き》がつくと、客席《きゃくせき》にすわっていた人《ひと》たちが、いつのまにか、全員立《ぜんいんた》ち上《あ》がっていた。

ぱちぱちなんかじゃない、もっと、ふりそそぐような、大《おお》きな大《おお》きな拍手《はくしゅ》の音《おと》。

これまで聞《き》いたことないくらいの、大《おお》きな歓声《かんせい》。客席《きゃくせき》じゅうをうめつくす笑顔《えがお》。

……終《お》わったんだ。あたしたちの、最後《さいご》のダンスが。

息《いき》を切《き》らしながら客席《きゃくせき》を見《み》まわすと、舞台上《ぶたいじょう》のあたしたちに大《おお》きく手《て》をふる大野《おおの》コーチを見《み》つけた。そしてそのとなりにはもちろん、満面《まんめん》の笑《え》みを浮《う》かべた早乙女先生《さおとめせんせい》が――あれ、いない？

先生《せんせい》、どこ行《い》ったんやし。

舞台《ぶたい》をおりるタイミングになっても、客席《きゃくせき》からの大《おお》きな拍手《はくしゅ》は、まだ鳴《な》りやまない。

その拍手《はくしゅ》の雨《あめ》のなかで、解説《かいせつ》をしていたアメリカ人《じん》のアナウンサーが、なにかをさけんでいた。

英語《えいご》だし、よくわからなかったけど、「FUKUI《フクイ》」だとか「JETS《ジェッツ》」だとか聞《き》こえた気《き》がする。

「のぅ彩乃《あやの》、これ、なんて言《い》ってるんや？　英語《えいご》、得意《とくい》やろ」

小声《こごえ》でそうたずねると、彩乃《あやの》は最高《さいこう》の笑顔《えがお》でこたえた。

「福井《ふくい》からやってきた最高《さいこう》のダンスチーム、彼女《かのじょ》たちの名《な》はJETS《ジェッツ》！　……だって！」


あたしたちのダンスで、全米大会《ぜんべいたいかい》の演技《えんぎ》はすべて終《お》わり。あとは結果発表《けっかはっぴょう》を待《ま》つだけ。

きっと、もっとドキドキするものだと思《おも》っていた。結果発表《けっかはっぴょう》を待《ま》っているあいだは、福井大会《ふくいたいかい》や全国大会《ぜんこくたいかい》のときよりも、ずっとドキドキするだろう、って。

だけど、実際《じっさい》に最後《さいご》のダンスを終《お》えたあたしの心《こころ》のなかは、とても静《しず》かだった。やりきった、という満足感《まんぞくかん》が、じわじわと広《ひろ》がっていく。

もちろん、結果《けっか》は気《き》になるけど、それよりも、もっと大事《だいじ》なことがあるような気《き》がして。

結果発表《けっかはっぴょう》を待《ま》つあいだ、あたしは舞台《ぶたい》のそばで待機《たいき》しているみんなからはなれて、一人《ひとり》、早乙女《さおとめ》先生《せんせい》をさがしに行《い》った。

先生《せんせい》は、舞台裏《ぶたいうら》の廊下《ろうか》に立《た》っていた。こっちに背中《せなか》を向《む》けて、アキレス腱《けん》をのばすストレッチをしている。

「……早乙女先生《さおとめせんせい》？」

声《こえ》をかけたけど、先生《せんせい》はふりかえらない。

先生《せんせい》がいつのまにか客席《きゃくせき》からいなくなって、こんなところに一人《ひとり》でいる理由《りゆう》、今《いま》ならなんとなく、わかるような気《き》がする。

あたしは、そのうしろ姿《すがた》に向《む》かって、かみしめるように言《い》った。

「先生《せんせい》。見《み》えました、風景《ふうけい》」

先生《せんせい》はまだふり向《む》かない。

あたしは、あのとき見《み》えた風景《ふうけい》のことを、なんとか先生《せんせい》につたえようと、必死《ひっし》に言葉《ことば》をさがしながら、息《いき》を吸《す》っては、はきだした。

先生《せんせい》が、どうしてもあたしたちに見《み》せたかった風景《ふうけい》。あたしが見《み》た、あの最高《さいこう》の風景《ふうけい》。

それを言《い》いあらわす言葉《ことば》が、見《み》つからない。

だけど、なにも説明《せつめい》しなくても、先生《せんせい》になら、つたわるような気《き》がした。

「……見《み》えたんです。頂点《ちょうてん》に立《た》った者《もの》にしか、見《み》えない風景《ふうけい》」

あたしがそう言《い》うと、やっと先生《せんせい》がふり向《む》いた。その目《め》からは、大粒《おおつぶ》の涙《なみだ》があふれている。は

じめて見《み》た、先生《せんせい》の泣《な》き顔《がお》。先生《せんせい》は、顔《かお》をくしゃくしゃにして大泣《おおな》きしながら、何度《なんど》もうなずいていた。

……あたし、きびしい先生《せんせい》のこと、あんなに嫌《きら》いだったのに。あんな大人《おとな》にだけは、絶対《ぜったい》ならないと思《おも》ってたのに。

それなのに、今《いま》、あたしの心《こころ》のなかには「ありがとう」の五文字《もじ》しか浮《う》かばない。

あたしは、たまらず先生《せんせい》にかけよって、そのまま抱《だ》きついた。

「先生《せんせい》、結果発表《けっかはっぴょう》まだやのに、なんでもう泣《な》いてるんですか。……地獄《じごく》におちてまうよ」

冗談《じょうだん》っぽくそう言《い》ったつもりだったのに、あたしの声《こえ》もふるえていた。目《め》の奥《おく》がじんと痛《いた》んで、涙《なみだ》があふれてくる。

ちょうどそのとき、舞台《ぶたい》のほうから、結果発表《けっかはっぴょう》の声《こえ》と、大《おお》きな歓声《かんせい》が聞《き》こえてきた。

そしてつぎの瞬間《しゅんかん》、わあああっと大《おお》きな声《こえ》がひびいて、興奮《こうふん》したＪＥＴＳ《ジェッツ》のみんなと大野《おおの》コーチが、あたしたちのもとにかけよってきた。

「先生《せんせい》！　ひかり！」

彩乃《あやの》も、唯《ゆい》も、あゆみも、多恵子《たえこ》も、部員《ぶいん》みんなが泣《な》いていた。

「よくがんばった！　よくがんばったね！」

早乙女《さおとめ》先生《せんせい》は、泣《な》きながら最高《さいこう》の笑顔《えがお》でそう言《い》って、あたしたち一人《ひとり》一人《ひとり》を抱《だ》きしめた。

結果《けっか》はもちろん、言《い》うまでもない。

全米優勝《ぜんべいゆうしょう》　福井県立福井中央高校《ふくいけんりつふくいちゅうおうこうこう》　ＪＥＴＳ《ジェッツ》！

18 明《あか》るく、素直《すなお》に、美《うつく》しく！

「ひかり！　こっちこっち！」

多恵子《たえこ》とあゆみが手《て》をふって、あたしを呼《よ》んでいる。

桜《さくら》のつぼみがふくらみはじめて、また春《はる》がやってきた。でもこの春《はる》は、今《いま》までとは少《すこ》しちがう、旅立《たびだ》ちの春《はる》。

あたしたちは今日《きょう》で、この県立福井中央高校《けんりつふくいちゅうおうこうこう》を卒業《そつぎょう》する。

全米大会《ぜんべいたいかい》を終《お》えて帰国《きこく》したあとは、地元《じもと》のテレビ局《きょく》からインタビューを受《う》けたり、地方紙《ちほうし》に取材《しゅざい》されたり、いろいろなことがあった。だけど、あたしたち三年生《ねんせい》は、すぐに大学受験《だいがくじゅけん》に向《む》けて猛勉強《もうべんきょう》しなきゃいけなかったから、全米大会《ぜんべいたいかい》から卒業式《そつぎょうしき》までは、本当《ほんとう》にあっという間《ま》だった。

体育館《たいいくかん》での卒業式《そつぎょうしき》と、各《かく》クラスでのホームルームを終《お》えたあと、チアダンス部《ぶ》のメンバーは、部室前《ぶしつまえ》に集合《しゅうごう》した。卒業後《そつぎょうご》は、県外《けんがい》の大学《だいがく》に進学《しんがく》する子《こ》もいるから、今日《きょう》は、ＪＥＴＳ《ジェッツ》のおわかれ会《かい》だ。

「ひかり、おそかったのぅ。どこ行《い》ってたんや？」

「いやー、まぁ、ちょっと」

ある人《ひと》の第《だい》二ボタンをもらいに、ね。好《す》きな人《ひと》の第《だい》二ボタンをもらう、なんてちょっとベタすぎるかなって思《おも》ったけど、ほかの子《こ》にとられてもいややし。あいつ、地味《じみ》にモテるしのぅ。

「だいぶメンバーあつまってきた？」

「ほやの。三年《ねん》でまだ来《き》てないのは……あと、彩乃《あやの》くらい？」

「でもなんか、今日《きょう》で高校生活《こうこうせいかつ》が終《お》わりなんて信《しん》じられん」

あゆみや多恵子《たえこ》とそんなことを言《い》いあっていたら、だれかの足音《あしおと》が近《ちか》づいてくるのが聞《き》こえた。きっと彩乃《あやの》だろう。

「彩乃《あやの》、おそいってー。みんな待《ま》っ……あ」

呼《よ》びかけたあゆみの声《こえ》が、とちゅうで止《と》まった。

どうしたんだろう、と、目《め》を向《む》けた先《さき》に立《た》っていたのは。

「麗華《れいか》……？」

とちゅうでチアダンス部《ぶ》をやめた麗華《れいか》だった。麗華《れいか》は、つかつかと高《たか》らかに足音《あしおと》をひびかせながらやってきて、あたしたちの前《まえ》で立《た》ちどまる。

……なんで麗華《れいか》が？　この期《ご》におよんで、まだ嫌《いや》みでも言《い》うつもりかし。

みんなで麗華《れいか》をにらみつけて、不審者《ふしんしゃ》を前《まえ》にした犬《いぬ》のように警戒《けいかい》していたら、麗華《れいか》はあたしたちの予想《よそう》に反《はん》して、さらりと言《い》った。

「今《いま》さらやけど、全米《ぜんべい》優勝《ゆうしょう》おめでとう」

「え？　あ、ありがとう……？」

「できっこないって言《い》ったこと、逆立《さかだ》ちしたって無理《むり》やって言《い》ったこと、撤回《てっかい》するわ」

「はぁ……」

よくわからないけど、あたしたちの活躍《かつやく》を見《み》て、麗華《れいか》も心《こころ》を入《い》れかえたってこと……？

でも、つぎの瞬間《しゅんかん》、麗華《れいか》はいつもの勝《か》ち気《き》な表情《ひょうじょう》にもどって、びしっとあたしの鼻先《はなさき》に人差《ひとさ》し指《ゆび》をつきつけた。

「だけど、負《ま》けんからの！　絶対《ぜったい》、いつか世界《せかい》に行《い》ってやるで！　あんたらにできたこと、わたしにできんはずないやろ！」

それだけ言《い》うと、麗華《れいか》はバレエのステップをふみながら、あっさりと去《さ》っていった。

……なんやったんや、今《いま》の。まぁでも、麗華《れいか》らしいっちゃ、らしいか。

思《おも》わずにやついていたら、みんなも同《おな》じようににやにや笑《わら》っていた。

そして、麗華《れいか》と入《い》れかわりに、今度《こんど》は後輩《こうはい》たちがやってきた。みんな、手《て》には寄《よ》せ書《が》きの色紙《しきし》や一輪《いちりん》の花《はな》を持《も》っている。

二年《ねん》の絵里《えり》ちゃんが、ほかの後輩《こうはい》たちの先頭《せんとう》に立《た》って、あたしたちのもとにかけよってきた。

「先輩方《せんぱいがた》、ご卒業《そつぎょう》おめでとうございます！」

「ありがとー、絵里《えり》ちゃん」

「先輩《せんぱい》らがいなくなったら、さみしくなります……」

そう言《い》って顔《かお》をふせた絵里《えり》ちゃんのひたいを、唯《ゆい》がこつんとこづく。

「絵里《えり》、そんな顔《かお》せんの。チアダンスは、笑顔《えがお》やよ」

「唯先輩《ゆいせんぱい》……。はい！」

唯《ゆい》も絵里《えり》ちゃんも、最初《さいしょ》はうまく笑顔《えがお》が作《つく》れなかったなんて信《しん》じられないくらいの、明《あか》るくてすてきな表情《ひょうじょう》を浮《う》かべていた。あたしたちＪＥＴＳ《ジェッツ》の魂《たましい》は、たよれる後輩《こうはい》たちに、ちゃんと受《う》けつがれている。

「ほやほや、絵里《えり》ちゃん。チアダンス部《ぶ》には、笑顔《えがお》がなにより大事《だいじ》やよ。来年度《らいねんど》のＪＥＴＳ《ジェッツ》はまかせたでの、次期部長《じきぶちょう》」

あたしがそう言《い》うと、絵里《えり》ちゃんは背筋《せすじ》をのばして、大《おお》きな声《こえ》で「はいっ！」と返事《へんじ》をした。

うん、JETS《ジェッツ》部長《ぶちょう》の魂《たましい》も、どうやらちゃんと受《う》けつがれているらしい。

「のぉのぉ、次期部長《じきぶちょう》はいいけど、かんじんの今期部長《こんきぶちょう》は？」

もらったばかりの花《はな》をぶんぶんゆらしながら、あゆみが首《くび》をかしげる。

「そういえば、彩乃《あやの》、ずいぶんおそいのぅ。人気者《にんきもの》やで、クラスの子《こ》にでも捕《つか》まってるんやろか」

多恵子《たえこ》もふしぎそうな顔《かお》をしている。

でもあたしには、今《いま》、彩乃《あやの》がなにをしているのか、なんとなく、わかるような気《き》がした。

「彩乃《あやの》はー……、どっかで青春《せいしゅん》でもしてるんじゃない？」

たとえば体育館裏《たいいくかんうら》で、いちずな同級生《どうきゅうせい》の男《おとこ》の子《こ》に、また告白《こくはく》されてるとか。

きょとんとするみんなに、あたしはにっと笑《わら》ってみせた。

「いないといえば、早乙女先生《さおとめせんせい》は？」

「あの人《ひと》は、またどっかで感動《かんどう》して泣《な》いてるんじゃない？」

鬼《おに》の目《め》にも涙《なみだ》、なんて。早乙女先生《さおとめせんせい》は、実《じつ》はとっても泣《な》き虫《むし》な人《ひと》。もうみんな、それをよく知《し》っている。

「早乙女先生《さおとめせんせい》といえばさ、あたしたちが一年《ねん》のときに――」

先生《せんせい》のことを話《はな》していたら、いつのまにか、みんなで大笑《おおわら》いしていた。基本的《きほんてき》には、きびしかったというグチばっかりだったけど、当時《とうじ》はあんなにつらかったことも、もう最高《さいこう》の思《おも》い出話《でばなし》になっている。

「……ふしぎやのぅ」

話《はなし》のとちゅうで、多恵子《たえこ》がぽつりとつぶやいた。

「卒業式《そつぎょうしき》って、もっと悲《かな》しいだけやと思《おも》ってた……」

たしかに、そうかもしれない。

もちろん、さみしくないといえば、うそになる。進路《しんろ》もバラバラになるから、あんまり会《あ》えなくなるし、もうこの制服《せいふく》を着《き》て、この場所《ばしょ》であつまることはない。たぶん、家《いえ》に帰《かえ》ったあとで、いろいろ思《おも》いだして、泣《な》いたりもするんだと思《おも》う。

だけど、あたしたちに涙《なみだ》は似《に》あわない。チアダンスでいちばん大事《だいじ》なのは、笑顔《えがお》だ。

だから、苦《くる》しいことも、うれしいこともあふれていたこの三年間《ねんかん》の終《お》わり、あたしたちは、笑《え》顔《がお》で幕《まく》を閉《と》じたい。きっとみんな、同《おな》じ気持《きも》ちなんだと思《おも》う。

ちょうどそのとき、廊下《ろうか》のむこうから彩乃《あやの》が走《はし》ってくるのが見《み》えた。

「みんな、ごめん、おそくなって!」

「彩乃《あやの》！　こっちこっち！」

大《おお》きく手《て》をふると、彩乃《あやの》が笑顔《えがお》でかけよってくる。そのポケットに第二《だいに》ボタンが入《はい》っているのかどうかは……まぁ、つっこまないでおいてあげよう。

メンバーがそろったところで、あたしは、みんなに向《む》かって大《おお》きな声《こえ》で言《い》った。

「のぅ、せっかくやで、みんなで円陣《えんじん》くもっさ！」

べつに舞台《ぶたい》に上《あ》がる前《まえ》じゃないけど、みんなの顔《かお》を見《み》ていたら、なんだか無性《むしょう》にそういう気分《きぶん》になった。

――高校《こうこう》の三年間《ねんかん》はみじかい！　だから、ジェット噴射《ふんしゃ》するように、世界《せかい》に羽《は》ばたく、JETS《ジェッツ》！

いつか、早乙女先生《さおとめせんせい》はそう言《い》っていた。

今《いま》、あたしたちはそのみじかい三年間《ねんかん》を終《お》えて、それぞれの道《みち》に旅立《たびだ》とうとしている。

夢《ゆめ》の先《さき》の、さらなる大《おお》きな夢《ゆめ》に向《む》かって、あたしたちは歩《ある》きだす。

どの道《みち》にもきっと、それぞれにたいへんなことが待《ま》ちうけているはずだ。

でも、ジェット機《き》のようにかけぬけたこの三年間《ねんかん》が、これからのあたしたちの背中《せなか》をおしてくれる。あの日見《ひみ》た風景《ふうけい》は、いつまでも、どこにいても、色《いろ》あせることなく、あたしたちの未来《みらい》を照《て》らしてくれる。あたしは、そう信《しん》じている。

ポンポンのかわりに花《はな》を持《も》って、あたしたちは顔《かお》を見《み》あわせた。

大《おお》きく息《いき》を吸《す》いこんで——最後《さいご》はやっぱり、いつものあの言葉《ことば》。

「明《あか》るく、素直《すなお》に、美《うつく》しく！」

「**「レッツゴー、JETS《ジェッツ》！」**」

あたしたちは、声《こえ》をそろえて、最高《さいこう》の笑顔《えがお》でさけんだ。

物語《ものがたり》はこれで終《お》わり……なのだけど、最後《さいご》に、ちょっとした後日談《ごじつだん》をつけくわえておこう。

ＪＥＴＳ《ジェッツ》のみんなが、あれから、どうなったのか。

唯《ゆい》は、卒業後《そつぎょうご》もダンスをつづけて、アメリカでプロのダンサーとして活躍《かつやく》している。

多恵子《たえこ》は、家庭《かてい》の事情《じじょう》ものりこえて、子《こ》どもたちを守《まも》る児童福祉司《じどうふくしし》になった。

あゆみは大学卒業後《だいがくそつぎょうご》、年上《としうえ》の旦那《だんな》さんと結婚《けっこん》して、なんと一児《じ》のお母《かあ》さんになっている。

麗華《れいか》は、負《ま》けん気《き》の強《つよ》い敏腕《びんわん》キャリアウーマンとして、仕事《しごと》で海外《かいがい》を飛《と》びまわっている。

われらが部長《ぶちょう》、彩乃《あやの》は、見事《みごと》に夢《ゆめ》をかなえて、キャビンアテンダントになった。ちなみに、高校時代《こうこうじだい》に彩乃《あやの》にしつこく告白《こくはく》していた男《おとこ》の子《こ》、矢代《やしろ》くんは、パイロットになって、今《いま》も彩乃《あやの》のそばにいるとかいないとか……。

そして、かんじんのあたしはというと、大学進学後《だいがくしんがくご》もチアダンスをつづけて、県立福井《けんりつふくい》中央高校《ちゅうおうこうこう》にもどってきた。今度《こんど》は、教師《きょうし》として。

今《いま》は、早乙女先生《さおとめせんせい》といっしょに、ＪＥＴＳ《ジェッツ》の後輩《こうはい》たちを指導《しどう》している。生徒《せいと》たちに「頂点《ちょうてん》に立《た》った者《もの》にしか見《み》えない風景《ふうけい》」を見《み》せるのが、あたしの新《あたら》しい夢《ゆめ》。

そして、そんなあたしの夢《ゆめ》を、そばでささえているのは――。

「ひかり、どっか遊《あそ》び行《い》こっさ」

仕事帰《しごとがえ》りにならんで歩《ある》く、学校前《がっこうまえ》の桜並木《さくらなみき》。むかしとかわらない声《こえ》で呼《よ》びかけられて、あたしは思《おも》わず笑顔《えがお》になる。となりを歩《ある》いているのは、あたしと同《おな》じように教師《きょうし》になる夢《ゆめ》をかなえた、同僚《どうりょう》の体育教師《たいいくきょうし》。もちろん今《いま》は、サッカー部《ぶ》の顧問《こもん》。

あたしが「うん」と返事《へんじ》をしてうなずくと、すっと手《て》がさしだされる。照《て》れたような彼《かれ》の――孝介《こうすけ》の横顔《よこがお》を見《み》あげながら、あたしはその手《て》をそっとにぎって歩《ある》きだした。

あぁ、そうそう。それから、最後《さいご》にもうひとつ。

JETS《ジェッツ》はあのあと、全米大会《ぜんべいたいかい》で五回《かい》の優勝《ゆうしょう》、二〇一六年《ねん》には四連覇《れんぱ》を成《な》しとげて、世《せ》界屈指《かいくっし》の強豪《きょうごう》チームに成長《せいちょう》した。

うそみたいでしょう？　だけどこれは、まぎれもない本当《ほんとう》の話《はなし》。

さて、最後《さいご》にもう一度《いちど》たずねよう。


あなたの夢《ゆめ》はなに？

あとがき

この本《ほん》は、「福井商業高校《ふくいしょうぎょうこうこう》のチアリーダー部《ぶ》が、全米優勝《ぜんべいゆうしょう》を果《は》たした」という実話《じつわ》から生《う》まれた映画《えいが》を、小説《しょうせつ》にしたものです。

この物語《ものがたり》を文章《ぶんしょう》でどうやって表現《ひょうげん》しようか、いろいろなところでまよいました。でも実《じつ》は、すぐに決《き》まった部分《ぶぶん》があります。それは、ふだん物語《ものがたり》を書《か》くときにはとてもなやむ、書《か》き出《だ》しの言葉《ことば》でした。

脚本《きゃくほん》を読《よ》んで、みなさんより一足先《ひとあしさき》に映画《えいが》を観《み》て、主人公《しゅじんこう》のひかりちゃんに自分《じぶん》の心《こころ》をかさねたとき、わたしの頭《あたま》のなかに、その一言《ひとこと》はとても自然《しぜん》に浮《う》かんできました。

——あなたの夢《ゆめ》はなに？

思《おも》えば、わたしが「将来《しょうらい》は物語《ものがたり》を作《つく》る人《ひと》になりたい」と最初《さいしょ》に思《おも》ったのは、五歳《さい》のときでした。とても飽《あ》きっぽいわたしですが、そのいちばん大《おお》きな夢《ゆめ》だけは、一度《いちど》たりともぶれたことがありません。

夢《ゆめ》の形《かたち》は人《ひと》それぞれで、そこに正解《せいかい》はありません。でも、それがどんな夢《ゆめ》であれ、その夢《ゆめ》に向《む》かって歩《ある》くことには、きっとなにか意味《いみ》があって、「頂点《ちょうてん》に立《た》った者《もの》にしか見《み》えない風景《ふうけい》」を見《み》るチャンスは、いつだって、だれの前《まえ》にだってあるのだと、わたしは思《おも》っています。

わたしはこれからも、夢《ゆめ》をかなえたJETS《ジェッツ》のみんなの言葉《ことば》をときどき思《おも》いだしながら、自分《じぶん》の人生《じんせい》の頂点《ちょうてん》、大《おお》きな夢《ゆめ》に向《む》けて、歩《ある》いていくのだと思《おも》います。そして、この物語《ものがたり》を読《よ》みおえたあと、読者《どくしゃ》のみなさんの自分《じぶん》の夢《ゆめ》に対《たい》する気持《きも》ちが、ほんの少《すこ》しでも、強《つよ》く、深《ふか》いものになっていればいいなと、ねがっています。

最後《さいご》に、この本《ほん》の執筆《しっぴつ》にあたってお世話《せわ》になった関係者《かんけいしゃ》のみなさまと、この本《ほん》を手《て》にとってくださった読者《どくしゃ》のみなさまに、心《こころ》から感謝《かんしゃ》もうしあげます。

みうらかれん

角川つばさ文庫

みうらかれん／文
1993年1月11日生まれ。兵庫県芦屋市出身。大阪芸術大学文芸学科卒業。大学在学中、『夜明けの落語』（講談社刊）で第52回講談社児童文学新人賞佳作を受賞。

榊 アヤミ／絵
新進のイラストレーター。神奈川県出身。「新訳　アンの青春　完全版」シリーズ（角川つばさ文庫）や「笑い猫の５分間怪談」シリーズ（小社刊）の本文挿絵などを担当。

出版協力　映画「チア☆ダン」製作委員会
出版コーディネート　ＴＢＳテレビ事業局映画・アニメ事業部
方言指導　北川裕子
JASRAC 出 1615871-601

角川《かどかわ》つばさ文庫《ぶんこ》　Cみ2-1

小説《しょうせつ》　チア☆ダン
女《じょ》子《し》高《こう》生《せい》がチアダンスで全《ぜん》米《べい》制《せい》覇《は》しちゃったホントの話《はなし》

文《ぶん》　みうらかれん
絵《え》　榊《さかき》　アヤミ
映《えい》画《が》脚《きゃく》本《ほん》　林《はやし》　民《たみ》夫《お》

2017年 2月15日　初版発行

発行者　塚田正晃
発行所　株式会社KADOKAWA
〒102-8177　東京都千代田区富士見 2-13-3
03-3238-1854(営業)
http://www.kadokawa.co.jp/
編　集　アスキー・メディアワークス
〒102-8584　東京都千代田区富士見 1-8-19
0570-064008(編集部)
印　刷　大日本印刷株式会社
製　本　大日本印刷株式会社
装　丁　ムシカゴグラフィクス

ISBN978-4-04-631677-6　C8293　　N.D.C.913　218p　18cm

読者のみなさまからのお便りをお待ちしています。
いただいたお便りは、編集部から著者へおわたしいたします。

新訳
星を知らないアイリーン
おひめさまとゴブリンの物語
大人気《だいにんき》発売中《はつばいちゅう》！
ジョージ・マクドナルド・作
河合祥一郎《かわいしょういちろう》・訳
okama《オカマ》・絵
さし絵141点
最高《さいこう》にふしぎな
もうひとつのアリス
アリスの訳者《やくしゃ》・画家《がか》がおくる、知《し》られざる名作《めいさく》
『新訳 ふしぎの国のアリス』
アイリーンひめはひみつの部屋《へや》で自分《じぶん》と同《おな》じ名《な》の若《わか》く美《うつく》しいひいひいおばあちゃまと出会《であ》います。その日《ひ》からゴブリンにねらわれたり、鉱山《こうざん》の少年《しょうねん》と冒険《ぼうけん》したりと危険《きけん》な毎日《まいにち》。やがて屋敷《やしき》にせめこまれ…。
角川つばさ文庫
http://www.tsubasabunko.jp/
毎月15日発売

新訳
赤毛のアン
完全版
シリーズ
アンを読《よ》むなら ノーカット完全版《かんぜんばん》！
ぜったい
作《さく》／L《エル》・M《エム》・モンゴメリ
訳《やく》／河合祥一郎《かわいしょういちろう》
絵《え》／南《みなみ》 マキ、榊《さかき》 アヤミ
（※『赤毛《あかげ》のアン』は絵《え》／南《みなみ》 マキ。『アンの青春《せいしゅん》』はカバー絵《え》／南《みなみ》 マキ、挿絵《さしえ》／榊《さかき》 アヤミ）
働《はたら》き手《て》として、孤児院《こじいん》から少年《しょうねん》をひきとるつもりだったマリラとマシュー。でもやってきたのは赤《あか》毛《げ》の少女《しょうじょ》アンだった。マリラはアンを追《お》い返《かえ》そうとするが…。泣《な》いて笑《わら》ってキュン♥とする、世界《せかい》中《じゅう》の女《おんな》の子《こ》が恋《こい》した名作《めいさく》をノーカットで！
●新訳《しんやく》 赤毛《あかげ》のアン（上《じょう》） 完全版《かんぜんばん》
●新訳《しんやく》 赤毛《あかげ》のアン（下《げ》） 完全版《かんぜんばん》
●新訳《しんやく》 アンの青春《せいしゅん》（上《じょう》） 完全版《かんぜんばん》
●新訳《しんやく》 アンの青春《せいしゅん》（下《げ》） 完全版《かんぜんばん》
シリーズ4作《さく》発売中《はつばいちゅう》
角川つばさ文庫
http://www.tsubasabunko.jp/
毎月15日発売

つぎはどれ読む？

新訳 雪の女王
アンデルセン名作選

作／アンデルセン
訳／木村由利子　絵／POO

少女ゲルダの幼なじみカイに、悪魔の鏡のカケラがつきささった！　優しかった少年は冷たくなり、雪の女王についていき消える。ゲルダははだしでカイを探す旅に出るが…。最高のラブストーリーを絵54点と新訳で！　他2編。

プリンセス・ストーリーズ
シンデレラ　美女と野獣

原作／グリム兄弟 他
著／久美沙織
絵／山﨑 透

母が亡くなり、７歳のシンデレラの友だちは灰色猫だけ。日記からわかる彼女の本当の気持ち。（シンデレラ）ベルは父の身代わりに野獣とくらすことになり…。（美女と野獣）　恋と魔法のおとぎ話２作。

新訳 飛ぶ教室

作／エーリヒ・ケストナー
訳／那須田 淳、木本 栄
絵／patty

子どもの涙が大人の涙より小さいなんてことはない。寄宿学校でくらす優等生マーティン、すて子のジョニー、けんかの強いマチアス、弱虫ウリー、皮肉なセバスチャンらの友情を描くクリスマスの名作。

プリンセス・ストーリーズ
白雪姫と黒の女王

原作／グリム兄弟
著／久美沙織　絵／POO

母をなくした白雪姫と、魔族の生きのこりのこどくな女王。運命の出会いは思わぬ事件をひきおこし…。女王が世界一美しくなければいけない悲しい理由とは？　鏡にうつる真実とひみつ。おとぎ話が恋となみだの感動ドラマに！

新訳 ピーター・パン

作／J・M・バリー
訳／河合祥一郎　絵／mebae

ある夜、3階の窓から子ども部屋にとびこんできた、永遠に大人にならない不思議な少年ピーター・パン。少女ウェンディと弟たちをつれだし、星空をとんで、さぁ、ネバーランドへ。世界一ゆかいで切ない物語を新訳と60点の絵で！

小説 毎日かあさん
おかえりなさいの待つ家に

原作／西原理恵子
文／市川丈夫
絵／丸岡 巧

マンガ家のお母さん、元カメラマンのお父さん。いつも明るい家だけど、お父さんだけ別にくらしてます。やがてくる、お父さんと家族の永遠の別れ——笑って泣ける本当にあった家族の物語。

角川つばさ文庫発刊のことば

角川グループでは『セーラー服と機関銃』(81)、『時をかける少女』(83・06)、『ぼくらの七日間戦争』(88)、『リング』(98)、『ブレイブ・ストーリー』(06)、『バッテリー』(07)、『DIVE!!』(08)など、角川文庫と映像とのメディアミックスによって、「読書の楽しみ」を提供してきました。

角川文庫創刊60周年を期に、十代の読書体験を調べてみたところ、角川グループの発行するさまざまなジャンルの文庫が、小・中学校でたくさん読まれていることを知りました。

そこで、文庫を読む前のさらに若いみなさんに、スポーツやマンガやゲームと同じように「本を読むこと」を体験してもらいたいと「角川つばさ文庫」をつくりました。

読書は自転車と同じように、最初は少しの練習が必要です。しかし、読んでいく楽しさを知れば、どんな遠くの世界にも自分の速度で出かけることができます。それは、想像力という「つばさ」を手に入れたことにほかなりません。

「角川つばさ文庫」では、読者のみなさんといっしょに成長していける、新しい物語、新しいノンフィクション、角川グループのベストセラー、ライトノベル、ファンタジー、クラシックスなど、はば広いジャンルの物語に出会える「場」を、みなさんとつくっていきたいと考えています。

読んだ人の数だけ生まれる豊かな物語の世界。そこで体験する喜びや悲しみ、くやしさや恐ろしさは、本の世界の出来事ではありますが、みなさんの心を確実にゆさぶり、やがて知となり実となる「種」を残してくれるでしょう。

かつての角川文庫の読者がそうであったように、「角川つばさ文庫」の読者のみなさんが、その「種」から「21世紀のエンタテインメント」をつくっていってくれたなら、こんなにうれしいことはありません。

物語の世界を自分の「つばさ」で自由自在に飛び、自分で未来をきりひらいていってください。

ひらけば、どこへでも。——角川つばさ文庫の願いです。

角川つばさ文庫編集部